suhrkamp taschenbuch 1848

Angela Krauß, geboren 1950 in Chemnitz, veröffentlichte Hörspiele und Erzählungen. 1988 wurde ihr der Ingeborg-Bachmann-Preis zugesprochen, im gleichen Jahr erschien ihre erste Erzählung *Das Vergnügen*, die als st 1776 vorliegt.

»Ein filigranes kleines Kunststück« sieht die *Frankfurter Allgemeine Zeitung* in der Erzählung von Angela Krauß »Die Frau in Chamois«, die mit acht weiteren Erzählungen in der Sammlung *Kleine Landschaft* zusammengefaßt ist. Unter diesem Titel zeichnet Angela Krauß in der ihr eigenen dichten und präzisen Prosa kleine Stilleben, fängt sie, einer Fotografin gleich, Bilder voll innerer Spannung ein. »Die Fotografie«, heißt es in einer ihrer Erzählungen, »interpretiert mir die Welt als etwas tief Dunkles, das sich für Augenblicke ausschnitthaft stark erhellen läßt.«

Angela Krauß' erzählerische Augenblicksaufnahmen leuchten mit dokumentarischer Schärfe Bewegungen, Verstrickungen und Erlebnisse von Menschen aus: Dramatische und tragikomische Unruhe verbirgt sich hinter den kleinen Stilleben unseres geheimnisvollen Alltags.

Angela Krauß
Kleine Landschaft

Erzählungen

Suhrkamp

Im Aufbau-Verlag Berlin und Weimar erschienen 1988
13 Erzählungen unter dem Titel *Glashaus*; von diesen hat die Autorin
für den vorliegenden Band 9 Erzählungen zusammengestellt.
Umschlagbild: Wolfgang Mattheuer, Ein weites Feld, 1973

suhrkamp taschenbuch 1848
Erste Auflage 1991

Lizenzausgabe mit freundlicher Genehmigung
des Aufbau-Verlages Berlin und Weimar
Suhrkamp Taschenbuch Verlag

Druck: Nomos Verlagsgesellschaft, Baden-Baden
Printed in Germany
Umschlag nach Entwürfen von
Willy Fleckhaus und Rolf Staudt

1 2 3 4 5 6 – 96 95 94 93 92 91

Kleine Landschaft

Ströme

Heute morgen war ich sekundenlang dem Gefühl uneingeschränkter Bewegungsfreiheit ausgesetzt. Im Moment des Erwachens wurde ich ausgeworfen, hinausgeschleudert, ich trudelte orientierungslos in einem Raum, einer Art Kasten, in dem zunächst nichts war, bis ich, halbblind vor Schwindel und Angst, das Gehäuse meines bis zum heutigen Tag gelebten Lebens schemenhaft wahrnahm. Als ein dreidimensionales Muster merkwürdiger Figuren, kleiner Gestirne, zwischen denen es spürbar zog, wo der Zeitenwind wehte und ewige Dämmerung herrschte. Mit einer übermächtigen, geistesgegenwärtigen Anstrengung erwischte ich den Punkt, an dem ich weitermachen mußte. Und in der nächsten Sekunde schon breitete sich ein so tiefes, totales, selbstverständliches Gefühl der Enttäuschung in mir aus, daß ich mich nicht rühren konnte. Ich hatte mich identifiziert. – Ich lag vollkommen still in meinem Bett und hörte aus der Wohnung unter mir Musik von einem der Sonntagsvormittagsprogramme. Die Sonne schien herein; wir haben Oktober und seit Wochen eine stabile Hochdruckzone über Europa, die bis an den Ural reicht. Um mich war es ganz hell.

Natürlich wollte ich es nicht glauben. Aber auch innerhalb der nächsten Viertelstunde änderte sich nichts, nur daß die Helligkeit im Zimmer auf geradezu brutale Weise zunahm. Die wenigen Gegenstände meines geheimnislosen Alltags, sie gehören unweigerlich zu mir, und ich gehöre zu ihnen. Lange betrachtete ich diese sich anscheinend selbst ordnende Welt, in der alles an seinem Platz lag, auch ich. Als ob es gar nicht anders sein könnte. Als ob es nie hätte anders sein können. Das ist das Bedrohliche an den Tatsachen: ihre Beweiskraft.

Ich lag vollkommen still.

Auch die Gegend hat keine Geheimnisse mehr. Die aufgedunsene Frau, die ich neulich mit einem flachen, tellerartigen roten Hut auf dem Kopf weggehen sah; ihren sieben Söhnen mit den rabenschwarzen Frisuren begegnete ich kürzlich im Kellergang, wo sie versuchten, das elektrische Kabel umzuleiten, bis ich ihnen das aus der Hand nahm. Denn die Elektrizität, das ist meine Sache: die Ladungen, die Felder und Ströme. Die Ströme niedriger Spannungen und Stärken. Über mir klingen Tassen auf Untertassen, unter mir schlagen Türen, und vollkommen geräuschlos hält der Siebenjährige ein Zündholz unter den Stubenwagen des vierten Geschwisterkindes. Jede Überraschung verkommt zur Alltäglichkeit. Unter uns gibt es keine Geheimnisse. Wir sind unter uns.

Dieses anhaltende Hochdruckwetter ist auch nicht geeignet, Abwechslung zu bringen, und sei es eine flüchtige, rasch verebbende Erregung, einen Grund zu Gesprächen, Wettergesprächen im Treppenhaus, in der Straßenbahn, in den Pausenräumen, über den simplen Eingeweiden der kleinen simplen Meßgeräte für die Spannungen und Ströme. Es gibt seit Wochen keine Wettergespräche mehr, denn nur von Grund auf glückliche Menschen können immerzu etwas loben, die anderen können es nur manchmal und kurz. Ein nicht einzuschläfernder Argwohn und eine latente Mißgunst halten sie davon zurück. Vielleicht auch Müdigkeit.

Gestern abend bin ich einer Einladung gefolgt. Blind.

Das Haus, in das ich eingeladen war, steht nicht an meinem täglichen Weg, ich habe mich erst auf dem Stadtplan vergewissern müssen und es dabei in einem entfernten Viertel gefunden. Wegen des schönen Wetters bin ich über eine Stunde zu Fuß dorthin gegangen, quer durch das alte, rötliche Industriegebiet, in dem ich wohne, wo in manchen Straßen eine dieser engen hundertjährigen Fabriken an der anderen steht, über deren Höfe werktags Frauen in geblümten Kittelschürzen laufen, die so aussehen, als unterbrächen sie kurz ihr häusliches Großreinemachen, um im Konsum gegenüber eine Brause mit Himbeergeschmack zu holen, während hier und dort ein älterer Mann in diesen schwarzen Schuhen mit den säurefesten Sohlen unterwegs ist, etwas wegkarrt oder etwas auf einen Haufen fallen läßt. Die ganze Gegend brütet an solchen Tagen unter der dumpfen Familienwärme vorindustriellen Manufakturwesens. Es sind die Pförtner mit der stark vergrößerten Iris hinter stabil gerahmten Brillen, die sorgsam beschrifteten Schlüsselbretter aus dickem, lackiertem Holz, die Höfe, die bizarren Ansammlungen von Abfallprodukten, Halbfabrikaten und Kehricht, die warmen, porösen, unaufhaltsam zerfallenden Oberflächen.

Gestern, am Samstagabend, war es in diesen Straßenzügen still, man konnte hören, wenn ein paar Laubblätter gegen eine Mauerecke stießen, die die schwarzviolette Farbe der uralten Mauerecken hat, auf denen noch der hartnäckige Glanz damaliger Ziegelbrennverfahren liegt. Ich ging durch meine Gegend und hatte den Eindruck, sie schliefe. Erschöpft wie ein alter Mann im Wartehäuschen der Bahn neben seiner Thermosflasche schläft, aus dessen Ohren lange drahtige Haare wachsen, die aussehen wie Eisenspäne. Und der nichts von sich weiß.

Als paßte ich mich wie von selbst diesem tiefen, schwerfälligen Atemholen an, ging ich langsamer, und so kam es, daß ich den anderen Stadtbezirk etwas später als beabsichtigt erreichte. Man empfing mich in einem schmalen, hohen Korridor, der nach einer Biegung ins Dunkle führte. Ein mittelgroßer Mann mit braunen Kinderaugen trat auf mich zu; die Erwartung, mit der er mir begegnete, schien die meine noch zu übertreffen, durch eine verschlossene Tür drangen Ausdrücke der Vorfreude.

Der Gastgeber hieß Heinrich mit Zunamen, er zog mich eilig ins Vertrauen, daß sein Zuname auch als Rufname gebräuchlich sei unter Freunden. Dann öffnete er mir die Tür, hinter der ich die laute Fröhlichkeit vermutete, und ich mußte blitzschnell das Bild, das ich mir von diesem Abend versucht hatte zu machen, gegen jenes austauschen, das sich mir jetzt darbot. Ich hätte es lieber gehabt, wenn mir im Schatten von Heinrich etwas mehr Zeit zur Verfügung gestanden hätte. Denn ich weiß, ich kann in diesem Punkt längst nicht mehr leisten, was von mir erwartet wird. Ich zeige offenbar stark verlangsamte Reaktionen auf meine Umgebung.

Die kleine Gesellschaft blickte mir entgegen. Heinrich hatte seinen Arm schützend um meine Schultern gelegt. Ich bin kein Mann, der wahrgenommen wird. Das müssen sie sofort bemerkt haben. Das muß sie irritiert haben, die Begrüßung fiel zurückhaltend aus, man wandte sich bald wieder dem großen, runden, bunt gedeckten Tisch zu; er hatte den Vorteil, daß man mir keinen Platz anbieten konnte, der sich vor den anderen Plätzen sichtbar ausgezeichnet hätte. Das Zimmer war sparsam und ausgesucht möbliert, es schien mir in dem Augenblick, da ich es betrat, hell durchleuchtet zu sein von Tageslicht, und obwohl dieses ja schwand, erfüllte es das Zimmer in jedem Stadium des Vergehens mit einer intensiven Leuchtkraft, ich habe das genau beobachtet, vermutlich lag es an den nahezu verlustlos reflektierenden, makellos weißen Wänden und an den hohen freien Fenstern; ich befand mich an einem sehr schönen Ort. Als die Sonne unterging, nahm es die Farbe des galvanischen Glühens an, sehr schwach, aber stark genug, um auf eine im Raum vorhandene Spannung rückschließen zu lassen. Die Phänomene der Elektrizität sind mein Gebiet; ich habe eine gesteigerte Empfindlichkeit für ihr Vorhandensein ausgebildet. Damit kann man offenbar leben.

Und die schwarzhaarige Frau mir gegenüber, sie entblößte jedesmal sehr kleine, spitze, weiße Zähne beim Lachen.

Man hatte die Unterhaltung einfach weitergeführt, scheinbar ohne auf mich zu achten, wofür ich sehr dankbar war. Ich schloß aus ihr, daß man sich regelmäßig traf, nicht mit penetranter Genauigkeit an einem feststehenden Tag des Monats, sondern in jenen Abständen, die klein genug sind, um nicht das Vergehen der Zeit, sondern eine immerwährende, intensive Gegenwart spüren zu lassen. Die schwarzhaarige Frau sah mich einmal lange und aufmerksam an, so als wollte sie herausbekommen, wie ich hierher geraten war. Ich fühlte mich erleichtert, da ich es selbst nicht wußte, denn dadurch mußte mich ihr Blick nichts angehen. Ich konnte ganz neutral sein.

Ich hatte wirklich nicht mehr mit einer solchen Einladung gerechnet. Zu viele Jahre sind vergangen. Wenn ich versuche, an damals zu denken, höre ich nur jene verhaltene Rockmusik, nichts Besonderes, eben jene der mittsiebziger Jahre, ein Geräusch aus der Wand.

Gestern abend störten keine Geräusche aus Nachbarwohnungen die erregte Munterkeit dieser kleinen Runde. Bald erschien Heinrichs Frau und trug die letzten Schüsseln auf, die das fremdländische Mahl vollkommen machten, gleich darauf erhob Heinrich sein Glas und begrüßte uns, er genoß es, ja, er genoß es, und ich sah ihm gern dabei zu, nicht vielen Menschen dringt eine Freude so durch die Poren wie diesem kräftigen kleinen Mann. Wir tranken einander zu, wobei ich behutsam das Reglement erspürte, möglicherweise gab es das, aber auch falls alles von spontanen Reaktionen bewegt war, so kam mir doch das Ungeübte meines Auftretens zu Bewußtsein. Ich war vorsichtig.

Ich bin es so wenig gewöhnt, in irgendeiner Weise wahrgenommen zu werden, daß es mir lästig ist, wenn es doch geschieht. Es ist mir lästig.

Es zeigte sich, daß alle anderen auf diesen Abend vorbereitet waren. Der hagere Herr an meiner linken Seite zog ein Paar hölzerner Stäbchen aus der Innentasche seiner Jacke und hielt sie in die Höhe, darauf brach er in ein lautloses Gelächter aus, von dem ihm noch lange die Schultern auf und nieder sprangen. Erst da gewahrte ich auf der Stirn der schwarzen Frau das pfenniggroße geschminkte Mal, es saß zwischen den geschweiften Brauen, aber höher und gab ihrem kleinen Gesicht, aus dem die flinken, raubgierigen Augen immer wieder auszubrechen suchten, etwas zusätzlich Enges. Ihr Mann schien in eine jahrhundertealte Melancholie gehüllt, die nichts Demonstratives hatte, ganz selbstverständlich an ihm haftete und ihn abschloß in einem eigenen Raum, einer durchsichtigen Blase, in der er womöglich seinen Gedanken nachhing. Das grau durchsträhnte Haar stand ihm in großen Wellen vom Kopf ab. Er hatte mich begrüßt wie einen alten Freund, mit dem man sich im Urteil einig ist. Dagegen fiel mir das Paar neben ihm durch die fiebernde Aufmerksamkeit auf, mit der es sich jedem sofort voll zuwandte, der sprach.

Aber schon innerhalb der ersten Stunde glaubte ich zu wissen, daß ich nicht gemeint war. Selbst wenn ich taktvolle Zurückhaltung einkalkulierte, blieb ich mir immer noch ziemlich sicher. Wahrscheinlich war ein

Irrtum passiert, als sie mich einluden. Jemand hatte sich zufällig meiner erinnert, und dabei war er natürlich in die Irre geraten. Jetzt erstaunt es mich, daß das in all den Jahren vorher nicht ein einziges Mal geschehen ist.

Jemand hatte damit angefangen, dem Inhalt der Schüsseln und Fläschchen, die den Tisch füllten, Namen zu geben, jemand, der sich darin auskannte: Kela ka raita, Nariyal chatni, Kofta kari, suvar mas ka Vindalu. Natürlich war sie es, aber zweimal irrte sie sich und wurde von Heinrich korrigiert, und das aufmerksame Paar erinnerte sich sofort eines Falles, da jemand verhängnisvoll irrte und sein Leben auf jenen Irrtum gründete, eine Begebenheit, die auf unerbittlich folgerichtigem Weg ins Ausweglose führte, eine der vielen kleinen hilflosen Begebenheiten aus dem menschlichen Leben, ich habe sie vergessen wie alles, was sich den Anschein gibt, auf mein Dasein Einfluß nehmen zu können. Mein linker Nachbar erkundigte sich nach den linguistischen Herleitungen in den beiden Fehlerfällen, untersuchte daraufhin genau den Inhalt der Schüsseln und entschied, es hätte nicht passieren dürfen. Als sich das Mal zwischen ihren Augen herausfordernd auf ihn richtete, fügte er hinzu, daß ja den Menschen, den Vollbesitz aller ihrer Kräfte vorausgesetzt, in der Welt nichts passieren könne.

Ich wandte mich überrascht meinem Nachbarn zu, ich wog noch ab, wie ich am besten auf seine Erklärung eingehen könnte, um mich verständlich zu machen, er lächelte mir mit hochgezogener Braue bereits entgegen. Glauben Sie wirklich, begann ich, während mir Heinrich meinen Teller füllte und mich unterwies in der Handhabung der Stäbchen und Heinrichs Frau uns darauf vorbereitete, daß die zahlreichen winzigen Portionen durch das zwangsläufig schleppende Essen mit den Stäbchen Zeit hätten, sich im Magen auf das Drei- und Vierfache auszudehnen, wodurch mit einem spät eintretenden, dafür aber lange anhaltenden Sättigungseffekt zu rechnen sei.

Glauben Sie wirklich, begann ich, während alle mit Inbrunst zu essen begonnen hatten; das ungewohnte Besteck zwang zur Geduld und damit zum Genuß; ich begriff erschrocken, wie es ist, wenn einem nichts entgeht. Glauben Sie wirklich, fragte ich, es könnte nichts passieren?

Das Optimum vorausgesetzt, erwiderte er mir, der nicht mehr jung war, dessen Reaktionen, Gesten, Blicke, selbst seine Art dazusitzen von einer ökonomischen Vitalität und einer grundstabilen Spannung des Geistigen bestimmt wurden, das übertrug sich mir spielend leicht durch unsere Nachbarschaft.

Welches Optimum? fragte ich ihn.

Das Optimum an gegenseitiger Anpassung, erklärte er.

Ich müsse jeden Bissen genau zweiunddreißigmal kauen, unterwies sie mich und sah mir auf den Mund. Sie kaute und lächelte dabei, vermutlich zählte sie mit, bei mir und bei sich selbst. Sie sah mir auf den Mund wie einem Kind, mit dem man Sprachübungen absolviert. Sie hatte großen Spaß an dieser kleinen Sache; sie war sehr anziehend. Nachdem sie sicher war, ich könnte allein kauen und die Säfte schmecken, die sich bei so konzentrierter Hingabe jedem Bissen trocken Brot, wie sie behauptete, entpressen ließen, nachdem sie ihrer Wirkung auf mich sicher war, wandte sie sich jemand anderem zu.

Ich habe nicht das Gefühl, daß die Geschichte sich noch bewegt, sagte ihr Mann, womit er kurz aus seiner Abwesenheit inmitten der Runde heraustrat, aber sofort in sie zurückkehrte.

Dort, wo das Gericht beheimatet sei, gehöre Schlürfen und Schmatzen zur Tischsitte, ebenso das Essen mit der Hand, mit Sicherheit aber eins von beiden, das eine möglicherweise gehöre nach Vorderasien, das andere mehr nach Südostasien, wir sollten uns vor keiner fremden Natur verschließen, ermunterte uns Heinrich. Sie lachte herausfordernd, das hat sie den ganzen Abend über getan, laut und scharf gelacht und außerordentlich reaktionsschnell. Es hatte etwas Rücksichtsloses. Sie zögerte nicht wie wir, ausgerechnet sie in ihrer Glanzeffektbluse folgte Heinrichs Aufforderung, der ein Zeichen für Stille gab, dann hörten wir ihr beim Essen zu.

Auch die Frauen, mit denen ich arbeite, sind rücksichtslos. Ganz am Anfang hatte mich das abgestoßen. Wenn sie lachen, klingt das immer scharf und schrill, schmerzhaft laut, und wenn einer genau hinhört, immer böse. So als würden sie einen Plan, den sie sich schon lange ausdenken, in allernächster Zeit wahr machen. Sie fürchten sich auch nicht vor gewissen Wörtern. Sie fürchten sich vor nichts.

Gestern am späten Abend erschien noch ein Gast, ein alter Herr, auf den man, wie sich herausstellte, ebenfalls gewartet hatte. Er wurde vom Gastgeber als einer der beiden Ehrengäste begrüßt. Kein Zweifel: der andere war ich.

Der Mann machte äußerlich einen abgerissenen Eindruck, trug einen fadenscheinigen weißen Bart, der auf den Kragen eines schweren, unförmigen Zellwolljackets fiel, doch von seinem Gang und von seinen unsicheren Bewegungen ging eine in dieser Gegend selten anzutreffende Würde aus. Er betrachtete uns lange und nachdenklich, jeden einzelnen von uns, als enthielten wir versteckte Botschaften, die nur für ihn lesbar waren. In dem Moment, da er seine Jackenschöße lüftete, um Platz zu nehmen, erblickten wir im Dunkel der Körpernähe auf dem verschlissenen Innenfutter ein kompliziertes Muster aus kleinen Gegenständen: Stiftstummel unterschiedlicher Stärken, zu winzigen Paketen gefaltete Seiten eines kompletten Kursbuches, das Einladungsschreiben einer Pekinger Universität, an dem ein tibetisches Maskottchen hing, Teile von Landkarten, eine Zitrone, klein und hart wie eine Nuß, Wörterbücher, eine Fahrkarte der Transsibirischen Eisenbahn. Alle diese kleinen Dinge waren zu einer offensichtlichen, aber geheimnisvollen magischen Systematik geordnet, sie bezogen sich vieldeutig aufeinander, mitunter durch Zettelchen, auf denen in steiler Fraktur ein Wort mit einem dieser Stiftstumpfe geschrieben und von Zeichen, Verweisen umgeben war.

Der Mann schwankte beim Gehen, gleichsam von der Last des geistigen Gepäcks, mit dem seine Kleider behangen waren.

Das Sonderbare ist, ich habe diesen Abend und diese kleine Gesellschaft von Anfang an als eine natürliche Erscheinung angesehen. So wie man Ereignisse hinnimmt, die in großer Entfernung ablaufen und in keinerlei Beziehung zu dem stehen, was man als sein eigenes Leben akzeptiert hat. Ich bin Physiker und anerkenne die Tatsachen, die Vielfalt der Erscheinungen verwirrt mich nicht; jegliche Vielfalt ist reduzierbar auf eine Formel. Das Eigentliche ist einfach und klar. So wie auch das Leben, das ich führe, ganz einfach und klar ist. Ohne Geheimnisse.

Im Grunde genommen bin ich an einem Punkt angelangt, wo ich mit den Grundlagen der Elektrizitätslehre auskomme. Die Elektrizität, die Spannungen, der Funke. Die ganz plausiblen Gleichgewichte. Kleine flachtönende Knalle, akustisch fast ohne Ausdehnung. Als existierte kein Raum.

Die Mansarde von Johanna.

Riesige Spatzenschwärme siedelten in den Platanen unter ihrem Fenster neben der Ampelkreuzung, wo der innerstädtische Verkehr in geschalteten Abständen mit chaotischem Getöse losbrach. Und äußerst selten, von unsichtbaren und unhörbaren Störungen veranlaßt, schwebten die Schwärme, einer nach dem anderen oder nahezu gleichzeitig, wie Wolken nach oben.

Die Blickachse nach Osten verfolgend über das Häusergewirr hinweg, hätte ich meine kleinen rötlichen Fabriken an ihren gefalteten Glasdächern erkennen können. Wenn ich sie damals schon als die meinen gekannt hätte.

Johanna war eine große Frau mit kräftigen Gliedern, die Kleiderhüllen überhaupt nicht zur Kenntnis nahmen, so ungehindert und sinnvoll bewegten sie sich. Johanna hatte einen so selbstverständlichen Körper. Ihr Körper hatte sich immer auf eine natürliche, ausdrucksvolle Weise dargestellt; es war nicht möglich, ihren Körper über einem der klugen Gedanken ihrer eigensinnigen und dabei so anschmiegsam wirkenden Intelligenz zu vergessen, eigentlich war er es, der sie aussprach. Wenn ich ihr lange in ihrer vom sonnenbeschienenen Dach stickig aufgeheizten Mansarde zuhörte, fiel ich in eine jener stillen Ekstasen, in die wir geraten können, solange wir die Selbstvergessenheit haben, uns der leibhaftigen Gegenwart eines anderen Menschen ganz auszuliefern.

Damals war nichts entschieden, alles hörte sich so an, wenn wir miteinander sprachen, zu zweit oder zu mehreren, als ob wir darunter litten, als ob die Vielfalt der Möglichkeiten, die jeder von uns für sich persönlich sah, uns quälte. Welche lustvolle Qual! Wir konnten sie offenbar nur gemeinsam ertragen, nur wenn wir zusammen waren, Johanna, ich, unser junger Dichter und die anderen.

Johanna kochte glasig-weißliche Suppen, in denen grüngeäderte Klößchen schwammen. Wir standen kräuterschneidend in ihrer Küche, deren Grundfläche zu einem Drittel ein eichenes, schwarzgebeiztes, geschnitztes Ungetüm besetzt hielt, ein klobiges Riesenmöbel, das eine gewaltige Ausbuchtung in die Küche wölbte, zu dem keine Zugänge erkennbar waren, in dem man offenbar weder etwas unterbringen, noch auf ihm etwas abstellen konnte, ein ruhender Drache. In gewissen Abständen forderte einer von uns eine Erklärung von Johanna für diesen Gegenstand. Denn zu Johannas Weltanschauung gehörte es, die Phänomene durch Anverwandlung zu erkunden. Sie besaß Humor, manchmal allerdings war ich mir nicht sicher. Aber es schien so, als kenne sie keine Angst.

Ich entsinne mich, daß ich während dieser ganzen Zeit die Natur intensiv wahrnahm. Den Geruch bestimmter feuchter Erden auf unseren Ausflügen, den Geruch schwarzer Teiche und des vom Wasser durchtränkten, weichen Laubs, das an den Teichrändern klebte. Einmal ist Johanna einen ganzen Tag lang in einem weiten weißen Kleid vor uns in den Saaleniederungen gegangen. Wir hatten von den Holunderbüschen die Blütenstengel geschnitten, sie abends in ihrer Küche in Eierkuchenteig getaucht und in zwei großen schwarzen Pfannen gebraten. Über den Pfannen, die von ihren Vorfahren stammten, die alle weit über neunzig Jahre alt geworden waren, was sie auch von sich selbst mit unerschütterlicher Gewißheit annahm und worauf sich wohl ganz natürlich ihre furchtlosen, häufig wechselnden Lebensentwürfe gründeten, über den Pfannen debattierten wir über Mensch und Universum, die Weltperspektiven, das neue Bewußtsein. Unser Dichter las uns Verse vor, die er für eine erstmalige große Veröffentlichung zurückhielt.

Ich hatte meine nicht anspruchslose Diplomarbeit, ein Beitrag zur Spezifik des Raumes in ausgewählten

Feldtheorien, immer noch nicht ausgeweitet auf eine Dissertation, die jedermann dann im Verfasserkatalog der Deutschen Bücherei hätte finden können. Dabei war ich mir durchaus im klaren darüber, daß sich ein Thema durchs Leben ziehen muß, wenn man etwas leisten will auf einem Gebiet. Wollte ich das nicht? Ich war in einem Institut für Rechentechnik angestellt. Abends besuchte ich die Bibliothek und las über Stabilitätsbedingungen bei der Organisation und Selbstorganisation komplexer Systeme und stieß auf Studien zur Herausbildung der Stammeshierarchie bei brasilianischen Ureinwohnern und auf Versuche mit Arbeitern eines großen amerikanischen Automobilkonzerns, die in einer relativ geschlossenen Abteilung über ein Jahr beobachtet wurden.

Oft besuchte ich Johanna in ihrer Mansarde, um ihr davon zu erzählen, denn sie wollte alles immer so genau wissen, und auch, um ihr beim Zuhören zuzuschauen. Letztlich verdanke ich es auch der vereinnahmenden Art ihres Zuhörens, dem Beteiligtsein, dessen sie fähig war, daß ich meine Leseabende in der Bibliothek ausdehnte. Stets hielt sie ihre an sich unauffälligen Augen fest auf mich gerichtet, nur ihr Körper wechselte häufig die Stellung, ihre großen, gediegenen Gliedmaßen suchten ein immer neues Verhältnis zueinander, aber die Augen blieben fest bei mir, aus ihnen umfing mich ein völlig objektives, immer ein bißchen skeptisches Interesse, das manchmal abwesend wirken konnte, fast kühl. Unser Dichter, der stets einen angestrengten Zug im Gesicht hatte, so als risse er sich ununterbrochen zusammen, erklärte, er habe sich mit achtzehn Jahren so verzweifelt fern von allen existierenden Zusammenhängen gefühlt, er habe nie so gelitten, aber nun, da er einzelne Räume betreten habe, die ihn mit dem Eindruck einer ergründbaren Endlichkeit narrten, nun leide er noch mehr.

Eines Tages war bei Johanna ein neuer Nachbar eingezogen.

Daß die Wände dünn waren, wußten wir, anfangs waren Schritte zu hören gewesen, schweres, unentschlossenes Auftreten. Wir fühlten uns belauscht. Später lief nebenan immer leise ein Tonband, dieser Serienrock der Mittsiebziger. Wir ermunterten uns gegenseitig, nicht empfindlich zu sein, und das schwarzhaarige, sehr schüchterne Mädchen, das unser Dichter seit kurzem mitbrachte, schien sogar viel entspannter dazusitzen, seitdem immerzu diese Musik im Hintergrund war. Johanna besaß genügend Gewicht und Ausdehnung, um Störungen jeglicher Art zu trotzen.

Natürlich liebte ich sie.

Eines Tages kündigte ich an meinem Institut, um mich nur noch den Büchern zu widmen. Ich verfaßte einen flexiblen Plan über ein Jahr, ging morgens um acht in die Bibliothek und blieb dort bis vier. In der kleinen Kantine konnte man sehr preisgünstig essen, Würstchen mit Brot, gelegentlich mit Salat.

Die Art, Logik und Bewegung des Organismus der Wirklichkeit. Die dauernden Zusammenhänge des Denkens. Die Verwandtschaft. Die nicht zu erschütternde Verwandtschaft in allen Erscheinungen der belebten und unbelebten Materie. Das Lebende und das Tote. Das Lebendige ist ein Raum unendlicher Ausdehnung, von der Größe eines durchschnittlichen Herzmuskels.

Ich hatte etwas Geld gespart und versorgte mich mit dem Nötigsten. Nach einem Jahr lebte ich von kleinen handwerklichen Arbeiten.

Vor dem pathetischen Bau der Bücherei, in dem die Schritte auf den Marmortreppen bis hinauf in die Kuppel hallen, von wo mittags für eine Viertelstunde die kleine blasse Doktorandin herunterstieg, die dort oben im Turm unter Aufsicht über die seelischen Grundlagen der neuen Gesellschaft las, während sie, wie sie mir über den Würstchen wortkarg mitteilte, über die abstrakten Humanisten arbeitete. Vor dem pathetischen Bau aus der Jahrhundertwende wachsen in der Mitte eines gartenhaft wirkenden Kreisverkehrs mehrere alte, mächtige Kastanien, deren höchste Astspitzen ich von meinem Stammplatz im großen Lesesaal aus im Fensterrechteck sehen konnte. Das Fenster befand sich oberhalb der Galerie, die nicht so häufig von jemandem begangen wurde, dort oben, wo ich einmal in den Nachschlagewerken zur transkulturellen Psychiatrie herumblätterte. Das Fenster, das ich meine, unterscheidet sich von den anderen. Es rahmt nicht nur sein Stück Himmel, sondern die Astspitze einer der alten Kastanien. Sie streckt sich genau von unten in den Fensterausschnitt hinein. Als hätte sich der Baum auf die Zehenspitzen gestellt. Ich habe es zu allen Jahreszeiten gesehen. Es sah immer gleich mühelos aus.

Die elektrisch geladenen Felder, positiv und negativ. Die Räume. Gewaltige atmosphärische Räume. Die Elektrizität strömt aus von Wolke zu Wolke. Es entstehen Flächenblitze, bei denen plötzlich ein großer Teil der Wolkenflächen aufleuchtet. Die Entladungen geschehen lautlos.

Nach drei Jahren ohne Arbeitsverhältnis entschloß ich mich, wieder als Physiker zu arbeiten. Ich zögerte keinen Moment, wie ich auch vor drei Jahren nicht gezögert hatte. Ich war an einem Punkt in stabiler Lage. Etwas, das es eigentlich nicht gibt. Denn natürlich gibt es keinen Höhepunkt in stabiler Lage. Aber ich habe ihn erlebt.

Ich brachte damals in kürzester Zeit, denn ich stand unter dem ungeduldigen Druck meiner Neugier und glaubte mich im Besitz prometheischer Eigenschaften, sechs Arbeitsstellen in Erfahrung, die jemanden wie mich suchten. Ich habe bei allen sechs vorgesprochen. Jedesmal, wenn ich der Sekretärin im Vorzimmer der Kaderabteilung beim Schreiben auf der Maschine, von der ein kurzes, handfestes Kabel in die Steckdose führte, zusah, überkam mich das Gefühl, jetzt gleich von einem klug ersonnenen dreidimensionalen Netz von Zusammenhängen aufgenommen zu werden, dessen Knüpfstellen jederzeit überprüfbar sind und die auch in graphischer Form auf Diagrammen oder als Simulationsmodelle existieren. Ich hätte meine eigene Position ganz exakt definieren können. Ich – das war ein hocheffektiver Punkt innerhalb eines auf Preßpappe montierten Modells, der mit einem Glühlämpchen ausgerüstet war, das Blinksignale in raschen Abständen von sich gab. Ich verfügte nach diesen drei Jahren über eine merkwürdige Eigenschaft: ich war nicht einzuschüchtern.

Aber ich habe sie nicht verstanden.

Sie schienen mir nur hilflos. Ich habe ihren Argwohn gar nicht erkannt.

Ihnen fehlen die drei Jahre, erklärten sie mir, wenn sie nicht gerade abwartend schwiegen. Sie beendeten eine lange unbarmherzige Reaktionslosigkeit immer mit diesem Satz: Ihnen fehlen die drei Jahre.

Und ich begriff einfach nicht, nein, ich begriff nicht, wieso sie mir *fehlten*.

Eine ältere, vermutlich sentimentale Frau bot mir schließlich eine Arbeit in der Montageabteilung an. Das sei das Äußerste, was sie für einen wie mich tun könne. Ich nahm sofort an. Ich war besessen von der Vorstellung dieses winzigen, mit drei Ampere gespeisten Pulsars im Universum des gesellschaftlichen Tätigseins. So war das mit mir.

Die Elektrizität, die Ladungen, die Knalle. Als ob Seifenblasen aus dünnem Blech zerplatzten. Niemand hört es außerhalb der geschlossenen Räume.

Die Montageabteilung. Neunzehn Arbeitskräfte gehören dazu, sechzehn davon sind Frauen. Wir montieren Voltmeter und Amperemeter. Diese kleinen Meßgeräte, die jeder aus dem Physikunterricht kennt.

Johanna besuchte ich von da an täglich, jeden Abend habe ich ihr alles, was ich erlebt hatte an dem zurückliegenden Tag, haarklein und in chronologischem Ablauf schildern müssen. Den Verlauf eines jeden Tages bis zum Läuten der Feierabendglocke, die es tatsächlich noch gab und die ich mir gleich in den ersten Tagen angesehen hatte, ein Museumsstück, das einen an die ersten freiwilligen Feuerwehren denken ließ. Zehn Minuten vor dem Läuten dieser Glocke legt jeder das Meßgeräteteil, an dem er eben noch eine Verbindung löten wollte, aus der Hand, es gibt keinen Arbeitsgang, der nicht an jeder beliebigen Stelle unterbrochen würde in dieser Minute, zehn vor vier, zugunsten der schnellen, trainierten Handgriffe an Körper und Kleidung zum Verlassen des Arbeitsplatzes.

Damals habe ich Johanna erklärt, warum kein denkendes Wesen so handelt. Es war etwas, das ich sehr leicht erklären konnte. Johanna beobachtete mich gespannt. Sie wartete abends auf mich, und als ich einmal ausblieb, weil ich müde war, machte sie mir Vorwürfe.

Die Geräusche vom Tonband aus der Nachbarwohnung waren die gleichen geblieben, sie waren immer da als pures Beharren, als Tendenz ohne jeglichen Ausschlag aus dem einmal festgelegten Bereich. Ich begann mich daran zu gewöhnen, besonders wenn ich müde war. Johanna nicht.

Nach sechs Tagen kam es schon vor, daß ich müde war, nicht wirklich müde, sondern wie von den Folgen zu flachen Atmens beeinträchtigt. Ich analysierte diese Erscheinungen genau. Mein an der Idee des Ganzheitlichen gewachsenes Bewußtsein registrierte dieses Geschehen völlig angstlos. Es hatte einen vorurteilslosen Umgang mit der Wirklichkeit trainiert.

Es war neugierig. Es beobachtete mich, wie ich am siebenten Tag schlief.

Heute ist Sonntag.

Gestern abend war ein Mann aufgetreten, ein uralter Mann mit dünnem Bart und einem schwankenden, traumwandlerischen Gang, so wie man sich das Traumwandeln immer vorstellt: als ein Tanzen über dem Abgrund, der natürlich unsichtbar ist. Er hat uns mit seinen hellen, etwas eulenhaften Augen angesehen, jeden einzelnen von uns lange. Als enthielte jeder einzelne eine geheime Botschaft. Wenn er seine Jacke öffnete, kamen kleine, feste, berührbare Dinge zum Vorschein, ein winziges Flugbesteck aus Plast, das offsetgedruckte Porträt des sowjetischen Parteisekretärs, ein schwerer Schlüsselbund, der schon mehrmals das Jackenfutter ausgerissen hatte und an dem auch ein besonders zierlicher, rotbebänderter Schlüssel hing, der zu einer Truhe paßte, deren Aufenthaltsort niemand erfragen konnte. Der alte Mann stand lange so mit gebreiteten Jackenflügeln; alle verlangten immer wieder danach.

Ich sah, wie die schwarzhaarige Frau ihre kleinen spitzen Zähne, die mich an die Zähne eines jungen Hais denken ließen, in einen Hühnerschenkel grub. Ich hatte unter ihren anfeuernden Blicken eine Portion Glasnudeln bis auf die Substanz durchgekaut, ohne jenes Aroma ausfiltern zu können, von dem wohl an diesem ganzen Abend in irgendeiner Form die Rede war. Die Glasnudeln schmeckten nach ihren Bestandteilen, nach Wasser und Mehl.

Ich habe es Johanna täglich genau schildern müssen: Fünf Minuten vor vier stehen alle mit den Taschen am Arm, die sie über Jahre nicht wechseln, und warten auf die Glocke, und jedesmal klingt sie genauso wie die Pausenklingel in der Schule, nach deren Ertönen reflexartig ein wildes Geschrei losbrach. Dieser Ton wird niemals ablösbar sein von den wilden, grellen kleinen Schreien von damals. Wie von flüchtenden Möwen. Einen halben Tag Fehlen bedeutet einen Verweis.

Nach einem Vierteljahr etwa begann ich mich zu wiederholen. Johanna sagte es mir sofort. Ich wußte es also und kontrollierte mich. Sie war ungeduldig geworden, unterbrach mich, ging im Zimmer umher, hieb mit der Faust gegen die Wand, und einmal schrie sie mich an, ich solle doch nun endlich zur Sache kommen. Mitunter sprach ich gar nicht, um sie nicht zu verletzen. Nach einem halben Jahr blieb ich ganz weg. Ich war in eine andere Wohnung gezogen, die der Fabrik näher lag, ich mußte dadurch weniger früh aus dem Haus gehen. Ich hatte mit den anderen Mietern einen Arbeitsweg. Ich fing an, an Johanna zu denken wie an eine Insel, von der man sich mit kräftigen Ruderschlägen entfernt. Irgendwann, von einem Tag zum andern, hörte ich auf, mich zu erinnern. Das war, als ich mich nicht mehr wehrte.

Gestern gegen Mitternacht waren wir alle betrunken. Es war eine leise Trunkenheit. Ein Verwischen, ein Nachlassen. Wir waren schon seit einer Weile von dem großen runden Tisch an einen kleinen länglichen umgezogen. Das Licht einer Wandlampe fiel in den

Nacken der schwarzhaarigen Frau, ich konnte ihr Gesicht nicht deutlich erkennen. Sie sah mich an.

Heinrich servierte starken Kaffee. Über den Sesseln hingen großformatige Lithographien. Auf einer war eine Hochgebirgslandschaft zu sehen, der Kamm einer felsigen Bergkette, der aus einer hügeligen Dunstmatte hervorgestoßen ist, so als würde er wachsen. Weit über der Kammlinie, in einer schmerzend grellen, fast schwarzen Atmosphäre standen drei flache Wolkenkissen, völlig unbeweglich, während die in den Spektralfarben schimmernde Dunstmatte, Wirbel und rotierende Kugeln bildend, von den breiten Windströmen getrieben wurde, die in gesetzmäßigen Flugbahnen den Erdball umstreichen.

Sie sah mich an, als erwartete sie etwas ganz Bestimmtes von mir. Mit jener Mischung aus zudringlichem Vertrauen, Hoffnung und Unerbittlichkeit, mit der Kinder auf einen zugehen, denen jemand mit dem Finger zeigend gesagt hat, man sei derjenige, an den sie sich wenden können. Und die nun ganz offen zu erkennen geben, daß sie sich nicht mehr abschütteln lassen werden.

Sie wollten etwas von mir.

Sie hatten sich meiner erinnert.

Sie müssen mich lange gesucht haben.

Der alte Herr hatte mit Heißhunger zu essen angefangen, was wir übriggelassen hatten. Die Reihe war an mir.

Sie sah mich an. Ein bißchen wie Johanna. Mit diesem ertrinkenden Blick, den sie zuletzt hatte, während sie mich schüttelte und mir ins Gesicht schlug, blind vor Enttäuschung, und mir am Ende verschiedene Gegenstände, die im Laufe von sieben Jahren nach und nach wie ich selbst in ihrer Mansarde zu Hause waren, ins Treppenhaus nachwarf. Etliche meiner Bücher und ein Paar Schlittschuhe.

Etwas in diesem Blick erinnerte mich daran.

Genau um diese Zeit gestern abend aber wurde ich müde. Die ausgesuchten Zutaten des genossenen Mahls, feine aber schwere Öle, Walnüsse, Mandel- und Pistazienkerne und der unbekannte Wein hatten mich schwer und trunken gemacht. Sie hatten mich in den Zustand versetzt, da man hinter der ablaufenden Zeit und den in ihr ablaufenden Geschehnissen zurückbleibt, so weit zurückbleibt, daß sie nur noch als Pünktchen am Horizont auszumachen sind. Und also endlich niemand mehr zu sehen ist, der vorgibt, sich für einen armseligen kleinen Lebensweg am Rande zu interessieren.

Das Wahrgenommenwerden ist so lästig, weil es so verlogen ist.

Der Strom fließt zäh durch die Widerstände.

Man kann es messen, indem man den in eins dieser simplen Geräte zur Messung geringer Stromstärken und Spannungen eingebauten Widerstand seinerseits mißt. Das sind alles Tatsachen, die mit bloßem Auge nicht zu erkennen sind. Aber sie sind meßbar.

Heute, an diesem Sonntag, lag ich vom Morgen an wach und bewegungsunfähig in meinem Bett. Ein grellsonniger Morgen im Oktober. Ich unternahm keinen Versuch, mich zu rühren, denn alles an mir war abgetrennt von mir. Nur mein Herz schlug laut. Und mit der Zeit gab es eine sich steigernde lautlose Empfindung unter der Schädeldecke. Als habe da drinnen jemand einen Schlag geöffnet und ein Schwarm beringter Tauben fiele aufwärts heraus.

Bis zum Mittag artete es in Lärm aus.

Die Tagträumerin

Jeder Frühling ist ein Anfang. In diesem erschien ihr von neuem alles durchsichtig, die Scheiben des Pendlerzuges, die Luft über dem Stadtrand nach Süden, die Blicke der Reisenden im Berufsverkehr.

Was war das alles gegen die Durchsichtigkeit ihrer Träume!

Elise schlug die Augen auf mit glühenden Wangen. Hinter den Florentiner Stores näherte sich die Sonne, warf von einer Sekunde zur anderen weißes Konfetti ins Zimmer. Mit frischem Trotz erschien die Großmama im Türrahmen, jung, in dunklem Taft, Dublee am Handgelenk. Von den hellen, geweiteten Augen abgesehen also auch keine große Erscheinung, dachte Elise über den unverhofften Besuch, der es nicht eilig hatte, der eine Weile auf dem gesprenkelten Teppich hin und her ging und ein Mehrzahlgefühl verbreitete, die Augen saugend und überfließend zugleich auf sie gerichtet und durch sie hindurch: bangend.

Aber in diesem Jahr hege sie ernste Absichten! beteuerte Elise.

Freilich, freilich, seufzte Großmama skeptisch.

Daraus wurde dann ein weiterer jener gezählten Tage, an denen ein anrennender Sturm, der jagende Wechsel des Lichts, das Geklirr der Schauer in Staffeln ein frisches Fieber erzeugen, eine Ungeduld, jähe Verwandlung. Ihre Augen strichen schon mal übers Gedruckte der Saison: die Perlen kirschrot und aus Plast, die Kleider geblähte Segel und leuchtend, schwarz die Strümpfe, von der herausfordernden Art.

Entschlossen trat sie ins Freie, packte den Schirm mit beiden Händen und stemmte sich gegen ihre Natur. Jene jahreszeitbedingte Forsche war in sie gefahren wie ein Rausch, nach Ostern verflog er.

Im Mai war sie im Gehen, hob gerade den Kopf, da begegnete sie ihm: dem ernsten, anspielungslosen Blick. Jemand griff sie hart am Arm; es kam vor, daß sie unter einer Verengung des Gesichtsfeldes litt, sie nahm dann den Zug nicht wahr, wenn dieser sich bereits auf zwei Meter genähert hatte. Jemand fixierte sie sichernd von der Seite oder riß sie rechtzeitig am Oberarm, entschuldigend lächelnd. Gelegentlich glaubte sie einen hochgewachsenen alten Herrn zu bemerken, den man ihr verschwieg. Den es aber geben mußte, weil es sie gab. In einer weißen Leinenjacke stand er abseits vom Passantenstrom, die Hände auf dem Rücken verschränkt, und sah von weitem zu Elise her.

Dann brachen über Nacht Ströme lauer Luft in die Stadt ein, und sie überfiel ein verzweifeltes Sehnen. Benommen strich sie umher, bestieg eine Bahn, überquerte eine Ampelkreuzung, die Blicke waren wie die Singvögel frisch zurückgekehrt aus dem Süden. Was gedruckt stand, nahm sie längst verschwommen wahr, als einen gemusterten Schleier. Worüber ließ sich eine Aussage machen? Über das Wetter an diesem Tag? Über das Zusammentreffen zweier Straßen unterschiedlicher Ordnung? Über das, was jemand sucht? Nur wer sucht, der findet nicht. Man kann im Aufschauen sein, in Gedanken, in sich und selbstvergessen. Und plötzlich ist er da: der ernste, beharrende, anspielungslose Blick.

Elise empfing ihn und ließ ihn fallen wie etwas Heißes. Stolperte blind voran. Die Zeit rückte nicht weiter. In einem Geschäft strichen die Fingerkuppen über Gewebe, blind. Sie erwachte, stürzte zurück auf die belebte Straße. Er fehlte.

Es zog sich geradezu alles Blut aus ihrem Körper zurück. Sie fand sich wieder in einer Seitenstraße. Welche war das? Welches Jahr schrieb man gerade?

Regelmäßig machte sich Großmama in ihrem Zimmer zu schaffen, richtete das Bett her, streckte den Hintern in die Höhe, daß die Taftfalten auseinanderrollten. Vom Großvater kein Wort.

Du mußt genau wissen, was du willst, sagte Großmama und stopfte eigensinnig das Laken hinter die Bettkanten. Weißt du es? Dann sprich mir nach: Ich weiß genau, was –

Ich bin klein, mein Herz ist rein, soll niemand drin wohnen, als . . . antwortete Elise. Schon konnte sie es sich ohne eine Großmama gar nicht mehr vorstellen.

Sprich: In meinem Leben weiß ich genau, was ich will. Fertig! fuhr diese Großmama sie an.

Dann rutschte sie vom Bett, sah sich noch einmal prüfend im morgendlichen Zimmer um, es raschelte, als flögen Schmetterlinge gegen die Fensterscheibe. Aber es waren nur die letzten gekrümmten Blätter der Kastanie vor dem Haus.

Dann ging alles sehr schnell, Morgen und Abend

zogen sich in die Nacht zurück, der Tag war bald nur noch ein Spalt, durch den ein wenig Licht fiel. Der Neonschein im Waggon am Morgen hatte etwas Endgültiges. Die hart verschatteten Gesichter in den dunklen Scheiben fuhren mit.

Sie fahren auch schon lange diese Strecke? fragte der Mann gegenüber, es klang mehr nach einer Feststellung.

Ihre Erfahrung mit sich selbst, die ein sicheres Gefühl geworden war, signalisierte Elise sofort, daß sie aussteigen mußte, ehe es zur Banalität von Verbindlichkeiten kam. Erst auf dem Bahnsteig bemerkte sie, es war eine Station zu früh. Verspätet erreichte sie ihre Arbeit, ihr geriet der ganze Tag in Verwirrung.

Kurz vor Feierabend fiel aus heiterem Himmel dichter Schnee. Das hielt die folgenden Tage an, mal ein Gestöber, dann wieder leise und stetig.

Zwei Wochen später entdeckte sie ihn beim Einsteigen, da trat sie gleich auf ihn zu, ein wenig irritiert von ihrer Freude, und begrüßte ihn. Er war nicht so grazil wie in ihren lebhaften Träumen, aber er war wirklich da.

Ich habe auch auf dich gewartet, sagte er, nachdem er sich bequem zurechtgerückt, den wie aufgeblasenen Anorak unter den Kopf geschoben hatte und diesen nun noch etwas daran rieb.

Was sie an Flaumleichtem auf der Zunge hatte, rutschte ihr weg. Fahren Sie auch vier Stationen? fragte sie verlegen.

Er lachte, erzählte von einem Schwager, einem Freund, einem Brief, der Post, einem alten Ofen, der

Zimmertemperatur, einem fremden Wohnungswechsel, Behördengängen, Wortwechseln und daß er sich lieber ins Raucherabteil gesetzt hätte.

Hätte ich dich nicht getroffen, fügte er hinzu.

Er stieg mit ihr aus und brachte sie, den Anorakarm in ihren geschoben, bis zu ihrer Arbeitsstelle.

Sie lag dann einige Wochen im Bett, klamm vor Gleichgültigkeit. Großmama klatschte auf den Federberg und trug Fliedertee herein. Im Schutz des Türflügels nahm ihr frisches Gesicht einen verständnislosen Ausdruck an, aber gleich darauf wärmte sie wieder mit ihrer Kleiderfaltenfülle das dämmrige Zimmer.

Die Welt ist grob wie ein gefrorener Scheuerhader, seufzte sie und zupfte an Kissenzipfeln, Vorhängen, am Bettvorleger und den Bilderrahmenecken. Dein Großvater dagegen ein Herr! Groß und aufrecht, kleines Bärtchen. Fräulein Lis! Ewig möchte ich Ihnen so von weitem zuschauen!

Unter dem Federbett wurde es Elise ganz allmählich wärmer. Wieder begann es zu schneien, bald waren die gegenüberliegenden Häuser auch am Tage nicht mehr zu sehen, zehnfach verhangen. Der Schnee klatschte in dicken Batzen gegen die Scheiben.

Wissen Sie, wie lange ich Sie schon bewundere, Fräulein Lis . . ., Großmamas Stimme plätscherte wie eine nie gefrierende Quelle.

Elise bekam Fieber, sie sah Großvater mit übereinandergeschlagenen Beinen gegenübersitzen. Er sog an einer Zigarettenspitze. Dies hier ist Nichtraucher, wollte sie einwenden, aber was waren das für offene, fröhliche Augen, mit denen er sie anblickte! Sie reichte ihm ihre Hand in einem gehäkelten Fingerhandschuh, er ergriff und küßte sie, dabei lachten seine Augen unter den Haaren hervor. Danach sahen sie einander ruhig an, mit Vorfreude.

Wie viele Stationen fahren wir? erkundigte er sich.

Vierzig, antwortete sie.

Dann sahen sie miteinander hinaus auf die weiße Ebene. Es waren die randstädtischen Felder, die Wintersaat hochverschneit, ein Nebel lag darüber, in dem die Krähen spazierten, der jeden Laut in sich aufnahm und auflöste, erst in Stille und dann wiederum in Nebel, von dem ein schwaches lila Leuchten ausstrahlte, weiter oben wurde es gelb wie feuchter Sand, aber ganz durchsichtig.

Am nächsten Morgen sprang Elise erfrischt aus dem Bett, schlug ein bißchen mit den Türen und eilte mit gen Himmel gewandten Wangen aus dem Haus. Noch lag der Rest der frostklaren Nacht über der Stadt. Sterne blinkten. Gleich auf dem Bahnsteig erspähte sie ihn und faßte ihn vertraulich am Ellenbogen, so daß er es durch den wattierten Ärmel hindurch deutlich spüren mußte. Zum zweitenmal stiegen sie miteinander in den Zug, setzten sich, sie streifte gleich die Handschuhe von den Fingern.

Wirklich nicht verheiratet? fragte er zwinkernd.

Sie verneinte überrascht.

Die Fahrt erschien ihr weder zu kurz noch zu lang, einmal stießen ihre Knie an seine, er gab nichts zu erkennen, sie redeten heiter, sie lachte glucksend, tief im Hals.

Den Tag am Arbeitsplatz verbrachte sie voller Ungeduld, eine Spannung pulste in ihr, die ließ sie dahin und dorthin schnellen, schon in der nächsten Sekunde wich ihr wieder alle Kraft aus den Gliedern. Immer wieder sah sie mit brennenden Blicken aus dem Fenster in den grellen, von scharfen Schatten gefleckten Schnee.

Als sie ihn in der Dunkelheit allein unten auf der Straße warten sah, unbeweglich, schloß sich ihre Kehle. Zwei, drei Herzschläge lang glaubte sie, das Leben sei kurz und unwiederholbar.

Mit trockenem Mund trat sie auf ihn zu.

Hallo! begrüßte er sie, und im weiteren sah sie sich ein zweites Mal auf ihn zutreten, das Gesicht heben, sein Atem in der Frostluft, seine Hände schließen sich um sie, seine Lippen streifen die Gegend um ihren Mund, wie flüchtig, und dann den doppelten Gipfel der Oberlippe mit einem zarten Saugen, wie flüchtig – da waren sie schon längst vor ihrer Haustür angelangt. Er stieß mit je drei kräftigen Tritten an die Hausmauer den Schnee von den Stiefeln. Hast du gut geheizt? erkundigte er sich lachend.

Da merkte sie, wie sie fror, zuerst an den Lippen, die ohne Empfindung waren, taub, wenn sie darauf biß. Als sie antworten wollte, schlugen die Zähne aufeinander.

Diesmal fiel sie in so tiefen Schlaf, daß sie sechs Tage und Nächte nicht daraus erwachte. Nichts drang zu ihr. Ihr Haus schneite bis zum zweiten Stock ein, der Flockenvorhang geriet zu solcher Dichte, daß sich Tag nicht von Nacht unterscheiden ließ. In der

Nacht zum siebenten Tag erschien Großmama, jedoch sehr verändert: in einem fadenscheinigen Fähnchen, über das sie eine blütenweiße Schürze gebunden hatte. Ihre Beine waren zu sehen. Und nun? fragte sie leichthin.

Betont unbeschwert suchte sie mit einem hellgrünen Federstrauß die Wände nach Spinnweben ab.

Inzwischen legte Großvater seine Hand an die Haltestange im Gang – heute blieben sie lieber stehen –, und zwar so, daß sein Arm Elises Rücken umbog, er sprach vom Winter neunundzwanzig und von seiner Schwester und von Shakespeare, Behördengängen und von einem alten Ofen, und jeder Satz von ihm endete mit: Eine Frau wie du ... Als die Fahrgäste trotz des vollen Zuges noch weiter zustiegen, sprachen sie beide nicht mehr. Aus seinem Pelzkragen stieg Wärme auf, dann gewahrte sie ganz dicht vor ihren Augen die zwirnsfadenfeine Kette auf seiner Haut, in der linken Halsbeuge.

Es wurde Frühling, und er umfing sie ganz mit seiner Anwesenheit. Es kam vor, daß er als alter Herr in heller Hausjacke in der Wohnung umherspazierte. Immer aber reichte er ihr die Hand, wenn sie aus dem Zug stieg, und lange braune Haare fielen ihm vom Scheitel über die Augen. Täglich trug sie dünne, weiche Seide für die vier Stationen im Stehen, für ihr Berühren, Streifen, Anstoßen, ihr schnelles, wildes, wie zufälliges Umklammern. Ihr Körper und ihr ganzes Wesen waren erfüllt von seiner sanften Dringlichkeit.

Großmama schlug bedrückt den Fußabstreicher im

Hof aus. Anfang Mai erschien sie immer öfter, täglich bald, rieb mit besessenen Schüben die Türen, Scheuerleisten und den Ölsockel in der Küche ab, rutschte auf Knien, wrang den Scheuerlappen, bis etwas Weißes heraustrat, dann machte sie sich über die Fenster her. Beim Putzen der Oberlichter leuchteten ihre Schenkel grell in der dunklen Rockhöhle.

Ich könnte Ihnen bis in alle Ewigkeit zuschauen, Fräulein Lis! rief sie von oben herab und lachte ordinär.

Die Baumblüte verzögerte sich, aber Ende der zweiten Maiwoche lag Elise mit ihm mehrere Nächte in einer verlassenen, weil überalterten Kirschplantage unweit der fünften Station. Dort lagen sie so lange, bis der Schnee von den Bäumen fiel.

Am dreißigsten Mai abends, als Großmama gerade die Möbelpolitur in den Schrank gestellt hatte, wurde es ihr eröffnet: Er soll der Vater meines Kindes werden. Er oder keiner.

Großmama schloß den Schrank.

Und dann auch dastehn mit dickem Bauch und der junge Herr fort auf Nimmerwiedersehn!

Sie griff ihr armseliges Bündel und drückte von außen die Tür zu. Im Hausflur glaubte Elise die leichten, schleifenden Schritte einer alten Frau zu hören.

Eine solche wünschte sie sich schon lange zur Großmutter.

»Am einunddreißigsten Mai 1929, sechs Uhr dreißig, hat sich auf der Bahnstrecke Leipzig-Gaschwitz eine Frau vom Pendlerzug überfahren lassen. Die Lebensmüde war etwa zwanzig bis fünfundzwanzig Jahre alt, einen Meter fünfundfünfzig groß, mittelkräftig, hatte ein ovales Gesicht, dunkelblondes Haar, Bubikopf, braune Augen und vollständige Zähne. Bekleidet war sie mit einem weißen, spitzenbesetzten Hemd, ungezeichnet, weißem Beinkleid, weißem Unterrock, schwarzem Samtkleid mit schwarzem Wachstuchglanzgürtel, schwarzen Florstrümpfen, schwarzen Spangenhalbschuhen mit Gummiabsätzen. Am rechten Ringfinger trug sie zwei Freundschaftsringe, einer versilbert mit rotem Stein, der andere golden, 333 gestempelt, ebenfalls mit rotem Stein. Die Handtasche enthielt einen linken, neun Zentimeter langen Kinderschuh. In der Nähe der Toten wurde ein Lichtbild gefunden, das einen jungen Mann und eine junge Frauensperson darstellt. Das Lichtbild der Frauensperson hat große Ähnlichkeit mit der Toten. Auf der Rückseite ist mit Bleistift vermerkt: Das ist Elise Krauße und Rudolf Knorr.«

Schicksalhafte Fügung

Anita arbeitet als Sachbearbeiterin in einem großstädtischen Betrieb. Die Art des Betriebes ist gleichgültig, allein die Methode ist wichtig, mit der diese oder jene Sachen bearbeitet werden. Sie ändert sich nur unwesentlich. Anita ist eine ausgezeichnete Fachkraft, sie hat das Zeug zur Chefsekretärin. Ihr Wesen und ihr Äußeres lassen an frische Wäsche denken, auf der Leine knatternd im Wind. Wenn sie an einem drückenden Stadtnachmittag aus dem Betrieb kommt, fällt sie auf. Sie ist nicht groß, bevorzugt deshalb Schuhe mit hohen, allerdings angegossenen Keilabsätzen; ihre Beine neigen zu Krampfadern. Sie denkt vorläufig nicht an den nächsten Tag, sie umfaßt den Feierabend mit einem einzigen klaren Gedanken, an dem sich vielfarbige Untergedanken straußartig entfalten. Sie geht aufrecht, tänzerisch und genießt das Gefühl der Mühelosigkeit, mit der sie, was kommt, im Griff hält. Ihr Busen, der allen Abmagerungskuren trotzt, reagiert sensibel auf den Andrang von Freiheitsgefühlen und der, wenn auch abgasgesättigten, Luft vor dem Werktor. Ihr Körper tut in diesem Augenblick das, was ihm nichts und niemand nachmacht: er verarbeitet alles Störende rückstandslos und blüht auf wie eine Glockenblume, zart und gewölbt. – Nachdem sie keine hundert Meter die Nebenstraße entlanggegangen ist, die ein kurzes Stück weiter in die Hauptstraße mit der Bushaltestelle mündet, bemerkt sie neben sich einen hellblauen Lada, der ihr genau in ihrem Schrittempo folgt.

Herr X: *(getönte Gläser)* Verzeihen Sie, Frau G....

Anita: *(weitergehend)*...

Herr X: Aber wir suchen eine tüchtige Sekretärin!

Anita: Was habe ich damit zu tun.

Herr X: Sie sind es. Sie oder keine!

Anita: Sie irren sich, mein Herr. Ich bin keine Sekretärin.

Herr X: Ich irre mich nicht. Ich habe einen Blick dafür.

Anita: Wofür?

Herr X: *(der jetzt stoppen muß, da die Hauptstraße erreicht ist)* Nicht nur, daß Sie zweihundert Anschläge pro Minute nur so mit der linken Hand machen, Sie haben einen leichten Gang und wissen doch genau, was Sie wollen. Sie sind eine Perfektionistin, das ist wieder gefragt.

Anita: *(ebenfalls stehenbleibend)* Ich bin Ehefrau und Mutter; beim nächsten Kind steht mir wieder das Babyjahr zu.

Herr X: *(enttäuscht)* Das ist etwas anderes. Aber wir stehen zu unserem Wort.

Anita: Auf Wiedersehen.

Das Wochenende verbringt Anita mit Dr. Grellmann, einem Philologen, dem der Absprung aus dem Schuldienst in die wissenschaftliche Laufbahn gelungen ist und der sich seitdem mit verdoppelter Intensität – vielleicht aus schlechtem Gewissen – dem gemeinsamen Kind widmet. Da er fünfunddreißig

Jahre alt ist, weiß er, daß er seine Habilitationsschrift vor zwei Jahren hätte abschließen müssen. Dr. Grellmann kann nicht auf eine optimale Kaderentwicklung verweisen; er ahnt, daß alles, was in seinem Leben noch geschehen wird, ein Momentchen zu spät geschehen wird. Abgesehen von den Haaren, die ihm jetzt schon ausfallen.

Ein knappes Jahr nach dem Zwischenfall auf der Straße (der hellblaue Lada, getönte Gläser) sitzt Anita immer noch auf ihrer Sachbearbeiterinnen-Planstelle, für die sie, gelinde gesagt, nicht durchschnittlich genug ist. Auch Dr. Grellmann hält sich noch immer beim Materialsammeln für die Dissertation B auf. Sie haben in diesem Jahr keine nennenswerten Anschaffungen gemacht, von einem Aquarium für das Kind abgesehen, wobei weniger der Wert ins Gewicht fällt (die Familie verfügt über ein Nettoeinkommen von tausendsechshundert Mark) als die Aufmerksamkeit und Pflege, die das neue Gehäuse innerhalb der Wohnung von allen erhält. Es beherbergt sieben Guppies und drei Schleierfische, es sollen mehr werden. Das Kind ist acht Jahre alt und besteht darauf, die Tiere selbständig zu versorgen.

Während einer Dampferpartie auf der oberen Saale beobachten sie alle drei angestrengt die Wasseroberfläche. Das Kind bedauert, daß es kein richtiger Dampfer ist, mit dem sie dahinschwimmen, sondern nur ein Motorschiff, worauf ihm Dr. Grellmann geduldig erklärt, wie ein Dampfer aussieht; er hat dabei einen Mississippi-Dampfer vor Augen, obwohl er nicht über Mark Twain arbeitet.

Anita läßt die Wochenendhäuschen an sich vorüberziehen; aus der Menge derselben schließt sie, daß es nicht so schwer sein kann, solch ein Häuschen zu erwerben. Anita fühlt eine anwachsende Sehnsucht, je länger sie ihren unbestechlichen Blick dort ruhen läßt; mit der Dauer des Hinschauens wächst auch die Selbstverständlichkeit der Vorstellung, sie könnte die Frau eines solchen Besitzers sein. Anita vergleicht. Sie taxiert die Bungalows zwischen zehn- und fünfundzwanzigtausend Mark, ohne Inneneinrichtung versteht sich, reiner Immobilienwert. Mit einem Blick auf Grellmann, der mit dem Kind in Reimen spricht: *Im Haar ein Nest von jungen Wasserratten / und die beringten Hände auf der Flut,* setzt sie die notwendigen Lohnkosten für Handwerker auf ein Maximum an. Der Quadratmeterpreis eines wassernahen Grundstücks ist ihr im Moment nicht geläufig. Der Fixwert ihrer Überlegungen ist indes rein ideeller Art. Es ist die Überzeugung, daß auch ihr das zusteht. Zwar repräsentiert sie mit ihrer Familie in einem Punkt nicht den Durchschnitt: Anita und Dr. Grellmann haben nur ein Kind, während das landesübliche und natürliche die Zwei-Kind-Familie ist. Das sagt ihr jedenfalls ihr gesunder Menschenverstand. In allen anderen Hinsichten stehen sie jedoch wahrscheinlich den Wochenendhäuslern nicht nach. Wenn man den Titel ihres Mannes noch in die Waagschale wirft, im Gegenteil. Allerdings weiß Anita nicht genau, wieviel Grellmanns Titel am Flußufer zählt. Aber das müßte herauszubekommen sein.

Sie legt ihr Gesicht in die matte Nachmittagssonne, ein rundes Gesicht mit einem zierlichen Kinn, von zarter Röte und Fahrtwind überflogen; sie schließt die Augen, sie hat genug gesehen. Der Wind tut ihrer Haut gut, sie kann jetzt ausschließlich an den Wind denken.

Nach der Rückkehr in die gemeinsame Wohnung richtet Anita das Abendbrot wie immer. Als das Kind ins Bett gebracht ist, macht Grellmann Anstalten, den Tisch abzuräumen, denn Anita liebt, wie gesagt, nichts Unfrisches. Laß stehen, sagt sie und drückt ihn sanft in die Couch, dann setzt sie sich rittlings auf seine Knie, das gesammelte Gesicht ihm zugewandt.

So, sagte Anita.

Dr. Grellmann denkt noch ein Momentchen an seine Arbeit, der er sich eigentlich noch eine Stunde widmen müßte und die im Nebenzimmer ausgebreitet liegt, aber für ihn ist es – wie immer – zu spät. Anita, die noch dieses vom Fahrtwind rosige Gesicht hat, will von ihm nachher wissen, wie es nun weitergehen soll.

Grellmann ist nicht nach diesem Gespräch zumute. Aber was will er machen. Was sie von ihm verlangt, ist schließlich sein Beruf. Anitas Frage faßt er als Einleitungsformel für ein Ritual auf, dessen sie, Anita, bedarf, und zwar lebensnotwendig. Ihre Lebensgier beherrscht ihren Körper und ihr Bewußtsein gleichermaßen. Wie ein Hungriger vom Essen muß sie wenigstens davon reden, was kommen wird, um es in der Vorstellung zu durchkosten.

Dr. Grellmann: *(zärtlich)* Jetzt knie ich mich nicht mehr in die Arbeit.

Anita: Das könntest du auch gar nicht, ich habe deinen Schreibtisch aufgeräumt.

Dr. Grellmann: Du weißt doch, daß ich das nicht...

Anita: Ich wußte, daß du heut nichts mehr machst.

Dr. Grellmann: Trotzdem...

Anita: Ich habe beim Aufräumen ein Schriftstück gefunden.

Dr. Grellmann: *(seufzend)* Meine ganze Arbeit besteht aus weiter nichts als lauter Schriftstücken.

Anita: Es las sich wie ein Drohbrief.

Dr. Grellmann: Wer war der Absender?

Anita: Der Brief hat keinen Absender, nicht mal eine Unterschrift.

Dr. Grellmann: Das ist unhöflich.

Grellmanns im Werden begriffene Habilitationsschrift bemüht sich um ein Phänomen, das 1855 erstmals als Begriff belegt wurde und 1923 als solcher in die Forschung eintrat. Grellmann forscht in einem Bereich der Literatur, dessen Grenzzieher niemand sein möchte, da er es unweigerlich mit den Nachbarn zu tun bekäme. Es handelt sich um die Trivialliteratur. Für seine Dissertation A war eine ausschnitthaft vergrößernde Sicht auf Erzeugnisse des vorigen Jahrhunderts geeignet, nun jedoch ist ein das Ganzheitliche aufnehmender Blick gefordert. Grellmann erarbeitet sich diesen Blick, was in einer Zweieinhalbzimmerwohnung mit Bad nicht immer leicht ist. Andererseits ist ihm diese Präparation, die starker autosuggestiver Kräfte bedarf, geläufig, seitdem er sich vor Jahren entschloß, mit sich und der Welt, in der er lebt, aufs Ganze zu gehen. Durch jahrelanges Üben gelingt es ihm nun, sich ohne nennenswerte Verspannungen einen Mississippi-Dampfer vorzustellen, wann und wo immer er will.

Nach der Präparation also hat Grellmann sich daran gemacht, den Begriff der Trivialliteratur aus seiner Negativbestimmung zu befreien. Das ist keine Vorsichtsmaßnahme von Grellmann. Es ist vielmehr der Versuch, sich aus Vorurteilen zu lösen, um zu einer freien Wahrnehmung zu gelangen. Grellmann lehnt es ab, aus einer mit Wissenschaftsautorität ausgerüsteten Geschmacksträgerschicht heraus andere zu diskriminieren.

Von Anfang an sah er also in seinem eigenen Wertesystem ebenso ein Untersuchungsobjekt wie in jenen Erzeugnissen der schönen Literatur. Grellmann ist ein Mensch, der sich in Frage stellt. Vermutlich wird ihn das weitere Jahre kosten.

Aber diese Überlegung liegt längst hinter ihm. Er steckt bis über die Augen in der Textanalyse. Die Analyse der Handlungsschemata zeigt, daß die Wendepunkte der Geschichte nie durch innere Entscheidungen der Figuren, sondern immer durch schicksalhafte Fügungen zustande kommen.

Da läuft bei Grellmann schon das achte Band durch die Maschine. Anfangs kleckst es jedesmal ein bißchen, aber das sieht er nicht mehr.

Ein Vierteljahr später erreicht Grellmann der zweite anonyme Brief. Er hat folgenden Wortlaut:

Sehr geehrter Herr Dr. Grellmann!

Ihr wissenschaftliches Interesse, ihre Akribie, die Züge von Besessenheit zu verraten scheint, in Ehren, aber wer hat Sie eigentlich gezwungen, sich ausgerechnet dieses Themas zu bemächtigen, dessen Tragweite Ihnen, ob Sie es nun überblicken oder nicht, noch zu schaffen machen wird. Hat Sie jemand gezwungen? Man meint doch, nein. Und die Tatsache, daß es bis zu Ihrem unbedachten Entschluß unbearbeitet liegenblieb, muß Ihnen doch zu denken gegeben haben, oder nicht? Verstehen Sie es nicht falsch, die Wissenschaft braucht Beharrlichkeit, Weitblick und ein souveränes Urteil usw. usf.

Grellmann bedrückt dieser Brief.

Anita: Du solltest dich endlich erkundigen, wer das ist!

Grellmann: Wozu. Dadurch verlöre ein anonymer Brief allen Sinn.

Anita: Wenn ich diesen Kerl auf der Straße träfe, ich ginge ihm an die Gurgel.

Zwei Monate später (man sieht daran, daß Dr. Grellmann seine Habilschrift zielstrebiger denn je vorantreibt) findet er im Aquarium einen toten Fisch, es ist einer von den großen. Vor dem Kind verheimlicht er den Vorfall, denn je kompakter die Kreatur, desto menschlicher wird sie.

Als Mann der Literatur weiß er nun, was wer wissen muß.

Anita, die nichts Unfrisches erträgt, bricht in schrilles Weinen aus: Nun tu doch schon etwas!

Daraufhin ergreift Grellmann den Fischkadaver und wirft ihn in den Mülleimer. Das Hinuntertragen des Eimers war von Anfang an seine Sache.

Über kurz oder lang bietet sich für Anita die Sekretärinnenplanstelle, für die sie wie geschaffen ist. Ihr Chef, der gelegentlich unverheiratet wirkt und es einmal auch ist, hat mit Anita einen guten Griff getan. Manchmal scheint es, sie birst schier vor Lebensdrang. Dazu ihre peinliche Akkuratesse. Anita heiratet den Chef, gebiert ihr zweites Kind und kommt so in den Genuß des Babyjahres. Das Häuschen am Wasser ist für sie schon hergerichtet. Sie braucht nur noch einzuziehen. Auf der Terrasse erwartet sie ihr Gatte, die Mittagssonne setzt ihn voll ins Licht. Anita weiß, daß er es ohne Augenschutz gar nicht aushalten könnte, so im Freien zu stehen.

Entdeckungen bei fahrendem Zug

Nun waren sie verlobt; ein bißchen spät freilich. Ein jeder von ihnen war schon so lange er selbst, und da bargen sie füreinander Rätsel.

Sie überraschte ihn mit einem bescheidenen Gepäck. Es lag schon Nebel in der Luft, denn es war Spätsommer geworden, als sie miteinander das erste Mal losreisten. Das Eisige hob sich von den feucht glänzenden Gleisen unter das Hallendach, wo die Tauben ihr Gefieder ein- und ausfalteten. Sie hatte es sich anstrengender vorgestellt mit der Liebe, und nun genügte eine Eigenart, um den anderen zu erfreuen. Ein kleines Gepäck oder ihre Gewohnheit, ohne Thermosflasche zu reisen, im Zug keine Eier schälen zu wollen. Diese Äußerlichkeiten, worin sich ein Charakter tarnt. Es blieben noch ein paar Minuten Zeit; er zeigte ihr das Abteil zwischen den Achsen, die Sonne traf soeben die Westwand der Halle, so daß der Staub vom Glas aufwirbelte.

Ich immer rückwärts links, sagte er, und du?

Er schien bereit, sich im Gegenteil einzurichten. Aber sie entdeckte sich ihm, so geradezu befragt, als vorwärts rechts. Es sollte so sein. Die Lokomotive zog an, und ihre Knie berührten sich. Sie warf einen letzten Blick hinauf zu ihrem Turmzimmer über dem größten Kopfbahnhof Europas, und der Zug querte etliche der sechsundzwanzig Schienenpaare: ein Boot gegen die Wellen, auf und nieder.

Sein Gepäck bestand aus vier großen Stücken, handfester war er schon als sie, und das gefiel ihr. Von den sich berührenden Kniescheiben fuhr so ein Strom in ihr hoch, der wollte bis ans Ende der Welt fahren.

Als der Zug in Bitterfeld hielt, verteilte er seine Gepäckstücke, indem er sie überraschend zu vervielfachen verstand, auf die Borde des gegenüberliegenden Abteils; das hätte sie nicht übersehen sollen. Statt dessen lachte sie, zog Kekse aus der Jackentasche, breitete die Arme; seine Lebendigkeit erfreute sie. Fürchtete sie doch Bahnfahrten im üblichen Sinne; das Ausharrenmüssen in hermetischer Passivität mit nichts als dem Ziel, anzukommen nach Plan. Als seien Anfang und Ende der Welt von Stationen unfehlbar markiert. Nur von ihrem Turmfenster aus gesehen, gab es die Enden der Welt, zu denen sie alle hinschwärmten. Und an seinen Kniescheiben gab es sie.

Vor Wittenberg verließ er sie; sie versuchte inzwischen dies und das zu bedenken, aber es zerrann ihr. Die Sonne fiel auf die Augen; sie berührte sie und das Ende der Welt gleichzeitig. Er kehrte zurück und hieß sie sich ins Abteil gegenüber setzen, dort sei sie geschützt vor dem grellen Licht. Allerdings um den Preis von vorwärts rechts, und er erleichterte ihr die Preisgabe mit einem Wisch über den Sitz, fürsorglich, das rührte sie so. Als sie ihn fragte, warum er in der Sonne sitzenbleibe, lächelte er schüchtern, außerdem erhob er sich oft und strich durch den Wagen. Eine Unrast war in ihm. Das Verlöbnis währte ein halbes Jahr; das ist eine Zeit, an deren Ende man voreinander ganz bloß dastehen kann.

Sie sah träge hinaus auf die Böschung, wo der Schatten des Zuges mitfuhr. Sie hatte die Fahrkarten nicht gesehen, noch bestellt oder gekauft. Sie blickte ein wenig in die Zeitschriften, später vor sich hin. Er nahm sie, weil sie weggelegt aussahen. Einmal, als sie das erste Mal zur Toilette ging, bemerkte sie diese Zeitschriften auf den Plätzen der angrenzenden leeren Abteile, sie lagen da so hingestreut. Sie übersah in einem fort die Realität, wie wollte sie da auf einen grünen Zweig kommen. Durchs Toilettenfenster steckte sie den Kopf hinaus. So schön war es.

Sie sprach froh und dankbar zu ihm; er saß zwei Meter über die Diagonale entfernt. Sie fuhren gerade in Jüterbog ein. Er antwortete ihr auch, und sie hätte gern in seine Augen geblickt; aber als er es bemerkte, setzte er eine Sonnenbrille auf. Sie wußte nun also, wie er sich vor dem Meer ausnehmen würde. Die Beine legte sie auf den Sitz gegenüber. Sie waren noch immer in dem Wagen ganz allein. Wenn sie sich der Scheibe näherte, konnte sie ein langes Stück vom Bahnsteig erkennen, von Reisenden voll. Das riß sie hin, sie konnte nicht genug kriegen von dem Anblick durch die Scheibe hindurch: Koffer, Säcke und Säuglinge gingen über den Köpfen von Hand zu Hand. Sie sah, daß auch seine Wangen sich röteten.

Was wußten sie voneinander?

Die Abfahrtsdurchsage schallte über den Bahnsteig, die späte Sonne brannte nur so auf die Steine und verstreutes Papier. Die Wagentür wurde gerüttelt, vier Familien luden ihr Gepäck ab, dann begann das Eierschälen. Noch ehe er, den Ton der Sachlichkeit mühsam haltend, auf die ausgelegten Zeitungen verweisen konnte. Er widmete sich ihr zu wenig; sie spürte, daß ihn das aber quälte.

Vor Berlin wollte sie wissen, ob er die Strecke schon gefahren sei, erhielt jedoch keine Antwort. Er fixierte gespannt die Mitreisenden, die Sonnenbrille konnte sie nicht mehr täuschen. Es verwirrte sie, dann verfiel sie auf den Gedanken, ihn nach verschiedenen Zuganschlüssen zu fragen; ein wenig kannten sie einander ja schon. Er war zerrissen. Durfte er sich vier Kilometer vor dem hauptstädtischen Bahnhof zu einem Exkurs über Anschlußvarianten hinreißen lassen? Er zog den Fahrplan aus der Tasche und reichte ihn ihr wortlos hinüber, gefaßt auf ihren ratlosen Umgang damit, der ihn schmerzen würde.

Nicht mehr zurückhalten konnte er sich, als sie bei der Einfahrt in den Bahnhof ihr Gesicht an der Scheibe platt drückte wie ein Kind, aus der Nase wich ihr alle Farbe. Nicht einmal das Ziel ihrer gemeinsamen Reise schien sie genau zu kennen, geschweige denn die Stationen, die stummen Zeichen menschlicher Absichten, den verbreiteten Drang nach Inbesitznahme, dessen Verhüllungen und unwillkürliche Offenbarungen, die Taktiken, so vielfältig wie die menschliche Gattung selbst und in ihrer verbissenen Schläue unberechenbar, kurz: die Logik alltäglicher Psychologie auf Reichsbahngebiet.

Schon wagte er ihr zuzutrauen, daß sie bei haltendem Zug ihren Platz in Richtung der Toilette verließ.

Als sie sich anschickte, legte er sein Bein über den Gang. Nicht auf dem Bahnhof, das ist unklug, belehrte er sie, im übrigen wird es nicht gern gesehen. Sie errötete wirklich. Er bat sie auch, vom Fenster wegzugehen. Sie zöge Menschen an, erklärte er ihr. Darauf errötete sie tiefer. Aus Freude. Und setzte sich wieder. Und schloß die Augen.

Er war zur Verteidigung bereit, er vervielfachte seine Gepäckstücke abermals, legte sie platzgreifend aus; sie fand sich umgeben von Dingen, die ihr nun bald regelrecht mitgehören würden. Er hob ihre Beine auf und legte sie wieder auf den letzten, von seinen zwanghaften Besitzmarkierungen noch nicht gekennzeichneten Platz; sie träumte der Berührung nach. Die Wagentür wurde aufgerissen.

Am Ende hätte er den anderen nicht so herausfordernd fixieren sollen; es gibt Menschen, die vom herrischen Blick angezogen werden. Es handelt sich dabei um eine Konstellation, die an Bahnhöfe gebunden ist, an den Moment der Revierbesetzung und an die Anwesenheit von wenigstens zwei männlichen und erfahrungsgemäß jegliches Machtinteresse leugnenden Persönlichkeiten mit einer bestimmten Triebstruktur.

Sie fragte der andere, ob der Platz neben ihr frei sei, worauf sie arglos die Zeitung aufheben wollte, aber der Verlobte hielt dagegen, jener habe ebensogut ihn fragen können, warum er das nicht getan habe. Der andere hatte einen kalten Hohn an sich, da sei doch alles belegt auf seiner Seite!

Das konnte nun keiner übersehen. Die Verlobte

kriegte gar nicht mit: Die beiden hatten sich soeben erkannt. Sie fixierten einander aus verengten Augen. In gänzlicher Blöße standen sie sich gegenüber.

Die Verlobte träumte, man stritte sich um ihre Person. Nun, da sie sich verlobt hatte. Ein bißchen spät freilich.

Sie irrte sich aber.

Ein Morgen auf dem Land

Der Zuchtmeister

Es ist Mitternacht vorbei. Die kältesten Stunden stehen noch bevor; das Tier hat sich hingelegt. Es ist unruhig und fährt immer wieder mit dem Hals nach oben und brüllt. Der Mann will noch warten. Er erzählt ein bißchen von Masuren, wie er als Kind bei dreißig Grad Frost in Holzpantinen im Stall herumgegangen ist, dann ein bißchen vom Vater und seinen 180 Milchkühen auf dem Rittergut, dem Stall mit dem Pappdach und den ruhenden Feldsteinen als Boden und wie der Vater das Wasser in Kübeln an die Tröge schleppte und das Futter in Buckelkörben und daß eine Kuh ein Drittel ihres Gewichts frißt. Dann erzählt er noch ein bißchen vom Großvater, dem Schweizer aus Bern. Er beobachtet den Tierleib, in dem wieder die Schübe einsetzen. Er schlägt die Arme um den Körper und will noch warten. Das Tier brüllt, in ihm hat sich etwas quergelegt. Zwanzig nach zwölf wird die Fruchtblase sichtbar. Dann geschieht nichts. Er geht herum, ein einziges Mal tritt er vor die Stalltür und sieht hinaus in die nach Frost riechende Herbstnacht. Dann kehrt er schnell zu dem Tier zurück, flicht sich den Strick zwischen die Finger seiner rechten Hand und schiebt sie langsam in den warmen glitschigen Geburtsgang hinein, bis er an die kleinen, ganz weichen Fesseln stößt. Er schlingt den Strick herum, dann läßt er seine Hand am Strick zurückgleiten und beginnt nun von außen ganz langsam zu ziehen, nur so viel, daß er gerade den Widerstand spürt und der Strick fest gespannt ist. Er redet ruhig mit dem Tier, das brüllt und den Kopf hochschlägt. Der Schweiß rinnt ihm unter der Bluse in den Gürtel. Eine Stunde später kann er das kleine, graue, schlierige Maul erkennen.

Wie er alles Viehzeug liebt! Kanarienvögel, kleine Katzen, auch kleine Kinder hat er sehr gerne.

Viertel nach zwei wischt er dem Kalb den Schleim aus Maul und Nase, dann reibt er den dürren, warmen, linkischen Körper mit Stroh trocken, dann bettet er ihn auf das frische Strohlager, die Kälberwiege.

Das ist die hundertdreiundzwanzigste Geburtsnacht in diesem Jahr. Der Schweizer Möll geht sonst am Sonntagabend wie an jedem anderen Abend um sieben zu Bett. Er kann weder einen Grand ouvert von einem Null ouvert unterscheiden, noch einen Mittelstürmer vom Rechtsaußen. Er ist fünfzig Jahre alt; als er noch mit Milchkannen arbeitete, hob er an jedem kleinen Finger eine gefüllte Kanne in die Höhe. Er war immer davon überzeugt, daß sich so etwas nicht einfach verlieren kann.

Nun geht er die erste Reihe à fünfundzwanzig Stück Milchvieh ab, er blickt auf die Uhr, die zehn vor drei zeigt. Dann sucht sein Blick nach draußen auszuweichen: Die Nacht vor dem Stallfenster schließt dicht wie eine schwarze Blechklappe. Punkt drei beginnt Möll die Melkgeschirre anzuhängen. Er redet immer mit dem Vieh. Er hat die Stimme für die

Viecher, die Milch läuft, wenn er sie nur anredet, jeder andere stört da eigentlich.

Der Schweizer Möll hat bis in die Sechziger mit der Hand gemolken. Die Maschine zieht pro Minute einen Liter. Möll zieht mit der Hand in der Stunde hundertzwei Liter.

Als Möll das nächste Mal auf die Uhr schaut, ist es vierzig nach drei. Er schafft es nicht. Die pünktliche Abfertigung von fünfzig Milchkühen ist von einer Person nicht zu bewältigen. Er schwitzt. Aber auch aus Erregung jetzt. Er spürt die Unruhe der Tiere, sie wächst. Sie wächst von Minute zu Minute.

Als bei Anbruch der Morgendämmerung der Zootechnikermechanisator für Melktechnik, zweiundzwanzig Jahre alt, mit zweieinhalb Stunden Verspätung im Stall eintrifft, wird er von Möll niedergeschlagen.

Möll, der seinem Vater nacheifert, kennt nicht mal die *Caprifischer.* Dennoch fand er damals eine Frau. Er trägt bei der Arbeit eine blaßrosa Bluse mit Puffärmeln, wie sie sein Vater und früher alle Schweizer trugen. Die Lieblichkeit der frischgestärkten Bluse und sein starker männlicher Körper ergeben einen Kontrast, der von einer heimlich fortwirkenden Anziehungskraft ist.

Die Landarbeiterin

So fangen nun die Tage an. Ein Streifen grauer Dämmerung steht in der Kammer. Nichts rührt sich. Die alte Frau liegt mit offenem Mund. Sie ist schwer und schmerzlos. Ist das endlich der Schlaf? Oder die erquickende Taubheit der Sinne? Als habe ihren Körper die Seele verlassen. Der dumpfe Leib. Heilsame Lähmung. Mitten in der Nacht reglos den Tag kommen lassen. Irgendeinen der ungezählten gleichen und nicht-gleichen Tage. Irgendsoeinen Tag kommen und vergehen lassen können. Reglos.

Dieses Tappen und Schleifen und Karrenrollen im Halbdunkel. Keuchen, Flüstern, Hoftorriegeln, Hundegebell.

So fingen alle Tage an.

Der Lautsprecherwagen vor dem Hoftor. Die Lichtpeitschen über die Zimmerdecke. Da haben sie sich geirrt! Das war die Mägdekammer! Leuchten sie jetzt dem Bauern ins Ehebett? Der Scheinwerfer klemmt in der Stammgabel der Linde vorm verrammelten Hoftor.

Der Schmied hat gleich den Kopf untern Hammer gelegt.

War der Bauer im Hemd, oder hat er diese Nacht wieder durchwacht mit der Gewittertasche? Sie spielen ihm Lieder aus Lautsprechern und halten Ansprachen an ihn.

Was muß das für eine schöne große Unterschrift sein, die einer solchen Mühe wert ist! Drei Flaschen Schnaps als Sofortprämie sollen auf dem Lautsprecherwagen immer kalt gestanden haben.

Für ihren ungelenken Krakel gab es nichts. Sie hat zehn Jahre zu früh unterschrieben. Dafür hat sie den Grafen beerbt. Ihren Herrn. *Auf dem eigenen Feld ste-*

hen. Auf dem eignen Feld Rüben verziehen. Auf dem eignen Feld Garben binden. Auf dem eignen Feld Kartoffeln lesen. Auf dem eignen Feld Heu wenden. Wenn das eigne Feld nur nicht so groß wär.

Auf dem eignen Feld stehen und einem Auto hinterherstarren. Wie als Kind: Der Mercedesstern! Ein Sportsmann, unser Herr. Und schneidig!

Immer dieser Schwindel beim Aufrichten. Der Strang im Rücken, als ob er sich verkürzte. Das Auto wirft ruhig seine Lichter auf. Wieviel Jahre steht sie schon hier? Ist der Krieg vorüber? Wer sitzt da am Steuer? Gibt es schon wieder ein Auto im Dorf? Soll man grüßen – oder nicht?

Die Lichter erlöschen nicht. Nie wird es ganz Nacht, immer ist jemand noch nicht nach Hause gegangen oder fängt eben an mit dem Tagwerk. Immer ist ein Moment, in dem sich gerade einer bückt, oder ein anderer richtet sich auf, was noch schmerzhafter ist. Oder die Leute buckeln etwas heim in ihre Höfe und Kammern. Wolle, Stoffballen, Kaffee-Ersatzpulver, Kümmel und Klopapier, ziehen und schleppen es hinter sich her in der Dämmerung. Ein Tappen und Schleifen und Karrenrollen im Halbdunkel. Die tiefen Novemberabende, an denen die Personen im kalten Nebel viel länger zu hören sind als zu sehen. Sie stehen hinter einem Tor und reden dort nicht laut miteinander, und man kann jedes Wort verstehen hinter einem anderen, weit entfernten Hoftor. Und so bleibt nichts verborgen. Keine drei Flaschen Schnaps und das Herz und der Rücken und der Unterleib. Und darüber wird es Mitternacht und eins, und ein paar neue Lichter gehen an. Und der Schonplatz beim Säckeflicken und in der Sirupkocherei und die Totaloperation und zum Erntefest fünfzig Mark pro Mitglied auf die Hand. Und dann fangen sie in den Ställen an, und dann kommt der Nebel, die Dämmerung, und das Viehzeug fängt an zu scharren und Lärm zu machen und Schrittklappen und Pedalenquietschen und ein Tun und Schaffen vor dem Fenster, hinter dem sie liegt, krummgezogen, ganz schmerzlos.

Der Vorsitzende

Schinken-Roster-Hackepeter, ruft die Frau aus der Kantine in den angrenzenden Lagerraum, hier trifft sich im Kommen und Gehen der Vorstand zum Frühstück: Männer zwischen vierzig und sechzig, die mit viel zu kleinen Löffeln laut den Kaffee in den Tassen rühren.

Der kleine Vorsitzende kommt zuletzt. Er war immer der Letzte. In der LPG, bei der Teilung in Tier und Pflanze, im Kooperationsrat. Es ist schon vorgekommen, daß er mit seinem Abwarten etwas überholt hat, was ihm voraus sein wollte. Gleich am Montagmorgen erklärt er sich: Macht euch doch jeden Tag gegenseitig ne Freude! Was in meiner Kraft steht übers Gesetzliche hinaus, das geb ich meinen Leuten. Das ist meine Pflicht und Schuldigkeit. Wenn was kaputt ist, Badeofen, Ehe, ich schick keinen weg. Und Himmelfahrt sollen Milch und Honig fließen, aber Gnade Gott, einer ist am nächsten Morgen nicht auf Arbeit! Das merkt der bis Weihnachten an der Prämie, sagt Zolka.

Aber auch bei ihm setzt sich der Hackepeter zwischen den Zahnzwischenräumen fest, auch er ist nur ein Mensch mit einem Jägerhütchen und nicht mal sehr groß. Der Schlachter dagegen ein Riese von Gestalt in seinem kurzen hellblauen Jäckchen, und dem Fachmann für künstliche Besamung liegt auch die Blässe eines abgeklärten Menschen auf der Stirn.

So wie wir heute arbeiten, werden wir morgen leben, fällt dem Schweinemeister ein, er ist der einzige noch Junge.

Aber nich bei mir, sagt Zolka, der noch Hafer einsäte, bevor er in den Hochzeitsanzug stieg, an einem, wenn auch weit zurückliegenden Morgen.

Was ich heute meinen Leuten biete, kann ich ihnen morgen abverlangen.

So müde wie jetzt hat sich der Zuchtmeister schon fünfzig Jahre nicht gefühlt. Dagegen fühlt Zolka an einem Montagmorgen den Druck des Ungesagten zweier Tage. *Machen wir uns doch gegenseitig ne Freude.*

Das hat er schon früher getan. Zu Pfingsten, als Freddy sang im Fernsehen, versammelte Zolka dreißig Leute in seiner Stube, wo der erste Fernseher stand. Im Hof stand das erste Auto und ein fünfundvierziger Bulldogg. Sie erhöhten ein Soll nach dem anderen, ein Bauer wie er wurde daran nur besser. Sie zogen den Strick immer enger um ihn. Das waren seine schönsten Jahre.

Das muß ein Ende ham, daß die Verendeten meilenweit kutschiert werden – die Köchin wird heute nicht mal den Schinken los –, wir machen unsere eigene Fleischsilage auf!

Aber woher die Genehmigungen, Hans?

Und ne Autobahnraststätte gleich mit!

Aber die Autobahn, Hans?

Wo steht denn das geschrieben, daß ein Nichtgenosse nich –?

Wir stehen hinter dir, Hans!

Aber an diesem Morgen ist der Zuchtmeister Möll schon fünfzig Jahre müde. Im stillen beginnt er sich auszurechnen, wie viele Male er schon um halb drei in der Nacht sein Tagwerk begonnen hat, und als er es überschlagen hat: eine sechsstellige Zahl, da sitzt er reglos auf dem harten, wachstuchbezogenen Stuhl in Erwartung dessen, was sich daraus ergibt.

Auf die Minute!, kommentiert Zolka noch kurz den Wecker auf dem Tisch, denn auch von der Kur kehrt einer wie er nicht mit leeren Händen zurück. Bereits am zweiten Kurtag begann er den Wecker zu entwerfen: als ein kleines Zeitdokument mit reichem symbolischen Zierwerk. Am dritten Tag fuhr er nach Ruhla zum Absatzleiter persönlich (bei unstatthafter Benutzung des eignen Fahrzeugs während der Dauer der Kurbehandlung), Widerstand begegnete er offensiv: Ob sie sich nicht schämten, den Bauern nicht mal eine Freude machen zu wollen. Er erreichte, daß anstelle der Ziffern Titel und Markenzeichen der Genossenschaft eingraviert wurden.

Der alltäglichen Lust dieses Menschen ist einfach nichts entgegenzusetzen.

Das Licht glimmt blau, es knistert manchmal. Selten Defekte.

232 arbeitende Mitglieder
davon 105 Frauen, 127 Männer
davon 27 Jugendliche bis 25 Jahre
Durchschnittsalter bei Männern: 42 Jahre
Durchschnittsalter bei Frauen: 60 Jahre

Eine Breitwagenschreibmaschine wird ans Netz angeschlossen.

Tierbestände:
3572 Rinder, davon 1223 Kühe
7225 Schweine, davon 597 Sauen
1230 Schafe, davon 300 Muttern
7199 Hühner
3000 Gänse
485 Kaninchen
1000 Karpfen
7 Pferde

Bei allem beschäftigt die Hauptbuchhalterin ein Problem: Ihre Eltern bestehen darauf, nichts anzuziehen zu haben, erstens. Zweitens: auf den Beinen schlecht zu sein. Drittens: das Haus kühlt aus. Summe aller Einwände: Ihre Eltern wollen nicht mehr.

Produktion Milch: 4819000 kg
Aufzuchtergebnisse:
1349 lebend geborene Kälber
1,4% Kälberverluste

Sie kann alle diese Vorwände als solche spielend entlarven, was aber nützt ihr das? Sie hat bereits festgestellt, daß das zu nichts führt, im ungünstigsten Falle zur Erfindung neuer Vorwände. Sie möchte die alten Leute nicht derart in die Ecke treiben. Dazu gibt ihr der beste Grund nicht das Recht. Wie also vorgehen?

Planerfüllung der Ställe –
Kälberaufzucht – Schafe – Schweine –
Ergebnis Zuchtställe – Produktion
Schweinemast –

Ein ganz anderes Problem: *Soviel wie hier geleistet wird, darf nicht verdient werden.* Auch dieses Problem tut sich jedes Jahr von neuem auf. Dagegen ist das Problem mit den Eltern, die es ablehnen, vierzehn Tage ans Schwarze Meer zu fliegen (»wo wirs doch derheme so schön ham«) ein individuelles. Als Tochter erwägt die Hauptbuchhalterin, sie vor die vollendete, aus ihrer eigenen Erfahrung ja doch unvergeßlich wunderbare Tatsache zu stellen.

350 Weihnachtsgänse
350 Schinken
250 mal Bettwäsche
250 Stadttaschen
500 Biertulpen mit Aufdruck
500 Wecker mit Aufdruck
500 Kugelschreiber mit Aufdruck
90 Schwarzmeerreisen

Wenn sie auch in diesem Zusammenhang nicht an Methode denken will; *jemanden zu seinem Glück zwin-*

gen ist eine bewährte Methode. Eigentlich schon klassisch.

Umsätze aller Nebenbetriebe,
Küche, Kantine, Bäckerei,
4 Klubhäuser, Fleischerei,
5 Ferienheime
Gesamtvermögen

Die Sekretärin schließt den Tauchsieder ans Netz an. Sie braucht den zweiten starken Kaffee. Die Hauptbuchhalterin verfügt um diese Zeit entsprechend ihrer Verantwortung noch über genügend Grundenergie.

Der Parteisekretär

Roh oder gekocht?, ruft die Frau aus der Kantine. Da fühlt sich Uhlmann bereits überfordert. Er wird noch nicht in den ländlichen Rhythmen hungrig; er hat noch nicht geschwitzt. Ermunterung kommt aus der Vorstandsrunde. Auch du fütterst was fett, Genosse! Dem sein Schwein muß dann als erstes dran glauben; steck schon den Wodka in den Schnee; wir salzen nicht zu knapp.

Beim Brühen kann keiner den Nebenmann erkennen, denkt Uhlmann. Es ist ein gutes Gefühl hier auf dem Lande. Da möchte er doch nicht mehr tauschen. Von der Jagdwaffe ganz abgesehen. Denn auch die Jagd ist ein unvergleichliches und ländliches Vergnügen.

Ist es denn so selbstverständlich, daß einem der Platz, an den man gestellt wird, auch gefällt?

Hier lieben sie Feste und Gesang. Dieser kleine Mann, ein Blasorchester, ein Ochse am Spieß. *Meine lieben Freunde, nach getaner Arbeit wolln wir nu gemeinsam fröhlich sein, und die Irma, unsere gute Seele, und unsere Pflicht und Schuldigkeit.* Wie sehen diese Worte gedruckt aus? fragt sich Uhlmann. In einem bunten Licht stand da der Vorsitzende, viel Weizengelb und Mohnrot, grüne Funken in den Augen. Und er, Uhlmann, hatte soeben etwas gewonnen in der Tombola, einen Haushaltsgegenstand, den schob er seiner Frau hin, die drehte ihn mit abwesendem Gesicht in den Händen, einen Quirl aus Holz mit weißen Plasteflügeln. Aber auch er, Uhlmann, hatte doch dort vorn seine Rede gehalten! Und vor ihm und nach ihm der kleine Mann, in Reimen, Sprüchen und Gesang. *Zwei gute Freunde,* und das mit Orchester.

Auch das noch!, hatte Uhlmann da gedacht.

Schließlich muß er selbst es sein, der hier über Freund und Feind entscheidet.

Dann hatte er tatsächlich geglaubt, den Mann auf sich zusteuern zu sehen, da war ihm durch den Kopf gefahren: Der meint das ernst, Mensch!

Das hatte er auf die Entfernung an dessen grünen Augen gesehen. Oder?

Um sich diesem Mann gewachsen zu fühlen, müßte er zunächst einmal eine Vergleichsebene finden.

Uhlmann wollte eigentlich Ingenieur werden. Er heiratete jedoch früh und besuchte später drei verschiedene Schulen, mit der Bezirksparteischule vier.

Seine Frau will auch nicht mehr weg aus dem Dorf.

Solche halben Portionen, sagt der Schlachter und bringt ihm Nachschlag.

Uhlmann ißt langsam, vor dem Fenster steigt das Feld an wie hohe See; drei Bratwürste, ein halbes Pfund Hackepeter und ordentlich Butter; in dieser Küche wird nichts weggeworfen, was gewachsen ist. Auch darauf hat dieser Vorsitzende ein Auge. Aus welcher Zeit stammt der eigentlich?

Er, Uhlmann, hat alle seine Schulen mit gut, eine sogar mit sehr gut abgeschlossen. Möglicherweise hätte sich ein respektablerer Einsatzort für ihn denken lassen? Er denkt das ab und zu mal.

Aber es spricht auch vieles für die Natur, selbst wenn er gegen sie in gewissem Sinne und letztendlich doch machtlos ist.

Der Veteran

Die Sonne dringt wie durch Pergament ins Zimmer. Dicke, pfirsichfarbene Luft, die sich schlecht atmet und nur mit Anstrengung durchschauen läßt. Der alte Mann zieht das Blatt dicht vor die Augen, es ist um neun Uhr gekommen, das ist keine Zeit für einen Bürgermeister und ein aktuelles Tageblatt, zu spät erreichen ihn die Nachrichten aus dem Leben, immer ein bißchen zu spät jeden Morgen, da ist er doch schon längst – ach, zweimal durchweicht bis auf die Haut und das drittemal in den Hagel gekommen auf seinem Moped, der Tank schon wieder halb leer. Und die Hoftore verrammelt. Er muß sich jetzt ausruhn. Jetzt braucht er eine Pause, mit vierundachtzig Jahren. Inzwischen trocknen die Kleider. Was bietet die Zeitung, Schützenhilfe?

Er ist so müde.

Wer hat das gesagt? Wer soll –? *Der Genossenschaftsbauer ist für den Frieden.* Das hat der gesagt. Überzeugungsarbeit ist alles. Was hat der gesagt? *Der Einzelbauer ist für den Krieg.* Wer hat das? Soll das? Überzeugung ist alles. Wir haben die besten Argumente auf unserer Seite. *Der Schmied hat gleich den Kopf untern Hammer gelegt.* Aber der Eintritt in die Genossenschaft ist kein Zwang, wenn auch eine objektive Notwendigkeit. Wer hat das gesagt? Wo hat –? Hat das in der Zeitung gestanden? Nein. Daß wir ihnen wieder das Kleesoll erhöht haben. Aber der Zolka fährt trotzdem ein Auto. Der hat das erste Auto im Dorf. Aber wir haben doch die besseren Argumente!

Er ist so erschöpft, der alte Bürgermeister Joche, wie soll er denn diesen ganzen Tag noch geradestehn.

Die Sachen sind noch nicht mal trocken. Schon wieder los?

Die Frauen stehen bis zu den Knöcheln im Schlamm auf dem Feld. Die sind einfach zu langsam. Oder wie? Die anderen, die sind immer schneller, da ist mehr Dampf drin. Die wissen eben, wo sie stehen: aufm eignen Feld. Da ist viel mehr Dampf drin bei den Einzelbauern. Aber die werden weniger. Jeden Menschen verlassen einmal die Kräfte. Wird sich zeigen, ob der letzte die vierhundert Kilometer nach Futter fährt. Den kreisen wir ein. Den machen wir fertig. Aber der fährt. Und mitm fünfundvierziger Bulldogg. Den kriegt offenbar keiner untern Hammer. Inzwischen ist man auf seinem Moped dreihundertmal klitschnaß geworden. *Aber der Eintritt in eine Genossenschaft ist kein Zwang, sondern eine objektive Notwendigkeit.* Wer hat das gesagt? Wo hat –?

Er rückt das Blatt noch näher vor die Augen, jetzt ist er ganz und gar abgeschirmt, ein heller Schatten umgibt ihn, sein Tag ist in vollem Gange, er sieht allmählich immer klarer: Der Zolka könnte heute noch selbständig sein. Wenn der nur wollte.

Der alte Joche atmet tief, auch das geht jetzt leichter. Er saugt tief und gierig den Geruch der frischen Druckerschwärze ein, der das Köstlichste ist an einer neuen Zeitung. Er ähnelt in seiner Wirkung stark aromatisch duftenden Blumen, die aus geschlossenen Schlafräumen abends herausgetragen werden sollen.

Der Schlachter

An Werktagen um die Frühstückszeit verdeckt ein Lastwagen den Eingang zur Küche. Als wollte er gerade herausfahren. Er ist jedoch durch ein Seil ans Innere der Küche gebunden, das Seil zum Zerreißen gespannt. Es mündet in zwei Hände, erst in eine rechte, dann setzt es sich in eine linke fort. Zwei kräftige Arme, bis über die Ellenbogen entblößt, geschwollen und durchblutet von der Anstrengung.

Der Mann, dem sie gehören, ruft etwas. Er ist jung, und obwohl er in diesem Augenblick seinem Körper alle Kraft abfordert, klingt seine Stimme sanft, lockend. Mit seinen Stiefeln stemmt er sich gegen die Schwelle, auf der er steht; über den weißgefliesten Boden des Raumes hinter ihm strömt klares Wasser aus einem Schlauch. Da rutscht er aus, strauchelt, im letzten Moment, ehe er fällt, greifen seine Stiefel, und er faßt das Seil kürzer, er findet Halt daran. Einen Moment hält er keuchend inne. Betrachtet das Tier, dieses ihn. Er redet zu ihm. In ernstem, lauterem Ton. Er weiß, das Tier hört ihm zu. Seine Hand spannt sich wieder, die Adern treten hervor. Das Tier tut einen widerstrebenden Satz über die Ladeschräge des Wagens, der Mann nimmt das Seil kürzer. Er ist jetzt gezwungen, von der Schwelle weg nach hinten in den gefliesten Raum zu treten, das frische Wasser umspült seine Stiefel. Er ist jetzt sehr aufmerksam, um nicht den Halt zu verlieren. Diese Aufmerksamkeit schmälert seine Kraft. Er redet zu dem Tier wie zu einem Freund. In Wirklichkeit hat er nie zu einem Freund so gesprochen. Das Tier scheint das zu wissen, er spürt in seinen Händen, wie sein Widerstand ein wenig nachläßt. Er tritt ein weiteres Stück rückwärts in den Raum hinein. Das Tier hat jetzt die Schwelle erreicht, mit den Vorderhufen steht es auf den glitschigen Fliesen, sein Gewicht ist ganz auf die Hinterbeine verlagert.

Der Mann spricht und zieht behutsam. Sein Blick ist nun auf die Hinterhufe gerichtet und auf den sich kaum merklich vergrößernden Winkel, den die Beine zur zementierten Bodenfläche bilden. Der Mann hat sich schon immer einen gleich starken Freund gewünscht. Vorsichtig bewegt er sich rückwärts. Die Ader auf seiner Stirnmitte tritt heraus. Der Körper des Tieres gleitet langsam, Zentimeter um Zentimeter auf den Mann zu in den Raum hinein. Da lösen sich endlich die Hufe vom Zementboden, schlagen schallend auf den Fliesen auf, und in diesem Moment kann der Mann das Seil fast einen Meter einholen.

Brav!, sagt er mit seiner ruhigen, warmen Stimme.

Das Tier gleitet auf allen Vieren auf ihn zu. Der Mann hält sich weiter in sichernder Schrittstellung. Das Tier rutscht wie auf Eis. Von seiner gewaltigen Gegenkraft ist nur sein Gewicht geblieben. Das setzt es nun ein: es nähert seinen Rumpf dem Boden. Nun ist sein Gewicht eine Kraft. Der Mann zieht sofort das Seil in die Höhe. Er will verhindern, daß das Tier ausgleitet und hinstürzt, so wie es ihm selbst beinahe ergangen ist.

Auf!, redet der Mann dem Tier beruhigend zu, auf!

Diesmal reagiert es nicht auf sein Wort. Es hat sich mit seinem ganzen Körpergewicht in die Seilschlinge gehängt. Der Mann hat verstanden, daß seine Stimme nicht mehr zu ihm dringt. Um zu verhindern, daß es ausgleitet, muß er es bewegen, seinen passiven Widerstand aufzugeben. Da er es mit seinen Worten nicht mehr zu bewegen vermag, bleibt ihm nur, das Tier durch Aufgabe der Kraft, mit der er das Seil spannt, zu ermutigen. In dieser Sekunde aber würde es unweigerlich stürzen.

Der Mann blickt auf die Uhr an der Innenseite

seines Handgelenks. Es ist sieben nach neun. Nichts ist jetzt eine Frage der Zeit, er hat nur hingeblickt, weil er etwas Bedeutungsloses tun wollte. Doch dann war es eine kleine Handlung aus der anderen Welt, die ihn zurückrief. Gleich darauf reißt er das Seil ein ganzes Stück zu sich heran, den Tierkörper mitschleifend, die Rechte löst er rasch, die Linke beginnt zu krampfen und läuft blau an; er will nicht, daß das Tier stürzt, allein mit einer Hand wird er es nicht halten können. Aber schon im nächsten Moment hat er die andere mit dem Bolzenschußgerät zwischen die Augen des Tieres gestemmt.

Dieses Tier hat ein pechschwarzes Fell. Im Augenblick des Schusses klappen seine Beine an den Kniegelenken nach innen, gleichzeitig schnellen sie an den Körper. Der Rumpf stürzt, waagerecht in der Luft liegend, auf die weißen, von klarem Wasser überspülten Fliesen.

Der Mann bückt sich, zieht die Seilschlinge vom Kopf und hängt sie an einen der Haken an der gekachelten Wand. Einen Moment scheint er unschlüssig, sieht jedoch dann die zu kurze hellblaue Arbeitsjacke des anderen im dunklen Küchengang sich nähern und geht nun seinerseits zum Frühstück.

Kleine Landschaft

Dem Weg zu ihr habe ich immer blind vertraut, deshalb habe ich ihn nie beachtet. Und nun sehe ich die gekippte Landschaft mit weit geöffneten Augen.

Den Augen, die ich angeblich von ihr habe.

Auch die alte Dame gegenüber schaut mit im Schoß gefalteten Händen hinaus. Ich bin dem, was draußen geschieht, immer hinterher, sie ist immer voraus. Die alte Dame im hellen Reisekostüm hält ein kleines, in ein trotziges Dauerlächeln gefaltetes Gesicht gegen die Scheibe.

Draußen die vertraute Ebene in wechselnder Schräge: ein viel zu schnell durch den Vergrößerungsapparat gezogener Film. Es herrscht die Schafskälte; im Zug wird geheizt. In der Wärme des geschlossenen Abteils tönen die Stimmen in einer leise summenden Vertraulichkeit, ein Geräusch. Es umschließt mich und schirmt mich gleichzeitig ab. Mir entgeht dennoch nicht, wie diese Männer sich inmitten der sächsischen Industrielandschaft bewegen, inmitten der vorbeiziehenden kleinen, alten Bahnhöfe, Fabriken und Werke, der Brücken, Schornsteine, Lagerhallen, Zufahrtsstraßen, Werkgeleise. Wie zwischen Möbelstücken, zwischen denen sie schon jahrzehntelang hin- und hergehen. Ihr Ton ist weder von Sehnsucht gehoben, noch von Resignation stimmlos, etwas Verläßliches, Leidenschaftsloses in der Mitte:

ein Geräusch. Auch die Schienenstöße schlagen verläßlich.

Wie alt bin ich eigentlich? Auf dem ansteigenden Ast.

Das Lächeln der hellen Dame zielt an meiner linken Schläfe vorbei, in die Weite abrutschend, in Richtung meiner Kindheitssommer. Sie nähern sich von weit hinten, mit einem Hitzeschub, der sich vom Haldengeröll löst. Die Luft über den bleiernen Steinen sprüht Farben vor Hitze. *Die Steine strahlen.* Ein hoher, niemals abbrechender Sirenenton hält sich in der Luft, immer in der gleichen Höhe, ein Ton, der zum Zerspleißen drängt, doch nie dahin gelangt, der in einem endlos hingepreßten Rufen, Warnen in die Poren der heißen Steine kriecht. In meiner angeblich kürzlich zu Ende gegangenen Kindheit.

Ein Rapsfeld zieht durch das Fensterviereck, hochgeklappt am Horizont, der keine Gerade mehr ist. Das chromgelbe Feld hat einen blauen Saum. Die ersten Städte des Vorerzgebirges, von der schrägen Landschaft eingefaßt, alte Fabriken mit roten Posamentenborten am Dachfirst. Die Luft ist grau, aber nicht trüb, niemand hastet. Die Leute sind gerade mit etwas fertig geworden, oder sie haben soeben die Vorbereitungen auf etwas beendet, sie haben sich gekämmt, in ihren Gesichtern keine Blöße, wo sie einer treffen könnte. Bin ich hier zu Haus?

Die Kirschbäume, Zaungevierte, das in der Frühjahrskälte zögernde Gewächs, Antennen auf Dachpappen, Lauben unter Antennen, Baufälliges, Angebautes, Aufgepfropftes, das unauffällig Mühselige, der kleine Eigensinn, die Enge, an die ich mich dunkel erinnere: Eine dunkle Stube, deren Dielen kurz aufeinanderfolgende Erschütterungen an meine Fußsohlen weitergeben. Es fliegt vorbei, noch ehe ich es erkannt habe, ehe es mir etwas antun kann, mich niederdrücken, lähmen, totschlagen.

Die helle Dame lächelt hinaus.

Da stehen wir: Rücken an Rücken. Im Türrahmen. Neben einer Parkbank, von der wir uns erhoben haben. Im Milchladen, den Ausrufen des Wiedererkennens und Nichtglaubenwollens ausgesetzt. Vor Geburtstagstafeln, in eine blaue Fotolinse blickend. Das sind alles *meine* Geburtstage. Ich mache mich groß. Mein Brustkorb hebt sich, meine Lungenflügel: wie pralle Luftkissen über Wasser getrieben. Ich bin elf Jahre alt. Vielleicht über die letzte Nacht wieder einen Zentimeter gewachsen für dieses Foto mit meiner Großmutter.

Ganz gerade stehen! ruft mein Vater. Er meint damit nicht mich. Wir lachen in das Gesicht meines Vaters, der blitzschnell die Linse davorschiebt.

Zwischen meine Schulterblätter stößt der Rücken meiner Goßmutter.

Oma hat Absätze an! ruft meine Mutter.

Meine Großmutter ist gleich bereit, die dicken orthopädischen Schuhe aufzuschnüren. Aber sie wird von allen zurückgehalten: Das ist wirklich nicht nötig! Es wird gelacht. Im stillen wird der Buckel meiner Großmutter gegen die Absätze abgemessen; das dürfte sich gerade aufheben. Ich stehe kerzengrade, gegen den kleinen harten Buckel gepreßt, die Hand meiner Großmutter grabscht nach meiner, sie ist weich, die Haut viel zarter als meine, weiche Waschfrauenfinger mit holzartigen Nägeln, an einem fehlt ein Glied, der nagellose, weiche Stumpf!, meine Hand schließt sich augenblicklich darum.

Na!, ermahnt mich meine Mutter, denn ich bin plötzlich wieder kleiner geworden, bald hast du's geschafft, Mädel!

Ich werde in den Türrahmen gestellt, ein Lineal wird auf meinen Scheitel gedrückt, meine Augen suchen den Geburtstagstisch ab, vielleicht eine Puppe mit Haar, ein Tier mit Fell, eine Kiste, in der sich etwas bewegt? Es wird gelacht: Das Mädel ist nur einen Kopf kleiner als sein Cousin, aber er ist doch vier Jahre älter! Eine unbekannte Schwere befällt meinen Körper, eine Lähmung, die von den Schenkeln an aufwärts kriecht. Das Gesäß des Jungen drückt oberhalb von meinem in die Wölbung meines Rückgrats. Auf einmal fließt mein Blut sehr langsam. Als sei es dicker geworden. Dicht vor meinen Augen auf dem Lack des Türrahmens die verwackelten dünnen und derben Bleistiftstriche der vergangenen Geburtstage. Ich kann mich nicht rühren. Eine unkalkulierbare, fortsaugende Gewalt nähert sich mir gleich einer haushohen Woge, nur lautlos.

Mir ist heiß in der Wärme des Abteils. Ich reise heute aus der Stadt hierher. Ich habe ein Zuhause dort, einen Mann. Ich habe es geschafft. Ich bin sechsundzwanzig; was kommt dagegen an!

Aber ich kann nicht rückwärts fahren. Mir schwindelt, so fällt es mir in den Rücken: Mit jeder Drehung wird das Gewinde des Klavierhockers kürzer, die Mauern des Hauses zittern, das Vitrinenglas, die schwarzen Möbel auf den schwarzen Tatzen und der weiße Schwan auf dem schwarzen Sofakissen zittern, *'s is Feierohmd*. Ich habe erst kürzlich lesen gelernt, ich kann die Schrift auf allen schwarzen Kissen lesen: *Mei Hamit, mei Arzgebirg*. Das ist das Haus, in dem meine Großmutter oben eine Kammer bewohnt. Das Haus gehört der großen Frau, die mich manchmal auf ihren starken Armen trägt. Ich bin hier aufbewahrt. Wenn meine Großmutter aus dem Schacht zurückkehrt, wird sie für meine Aufbewahrung hier reinemachen.

Vor dem Haus schlagen die Kipper zu Tal, die Dielen schwingen unter meinen Fußsohlen, das Vitrinenglas singt, die Steinberge wachsen mit jeder Stunde, mit jedem Sommerferientag, den ich auf meine Großmutter warte.

Sind Sie in Trauer? höre ich die kleine helle Dame fragen.

Ich schweige.

Man hätte es wissen können, höre ich sie flüstern, Schwarz steht Ihnen. Jemandem, der trauert, steht nichts.

Ein Schlag ins Gesicht, Böschungsgesträuch schnellt gegen das Fenster, dann öffnet sich die Landschaft, der Zug durcheilt einen Hohlweg, dessen Schrägen sich schnell verbreitern, in die Höhe steigen, einzelne Birken biegen sich von den steinernen Wänden herunter wie Lampions. Indem ich es erblikke, ist es gewesen, mit jedem Schienenstoß gewesen,

gewesen. Es zerreißt wie die Lichtschlitten, die über die nächtliche Stubendecke fuhren, meine Füße an den Großmutterfüßen um die laue Wärmflasche geklammert, der Phosphorwinkel auf dem Weckerglas glimmt, die mit Pechblende beladenen Kipper krachen die Talstraße hinunter, das Haus zittert. *Uran strahlt. Leuchtet Uran?* Der hohe Ton spannt sich durch die Nacht, ein unsichtbarer Faden, hart wie Diamant. Die Augen meiner Großmutter liegen riesig und gläsern in der Dunkelheit.

Mein Herr! Mein Heiland! Aus ihrem kleinen, mageren, energischen Körper strömen Seufzer der Befriedigung, sie reißen nicht ab, ich höre sie aus der Küche, vom Seiflappen erstickt, vom Kaffeeschlürfen unterbrochen, sie wiegen mich zurück in den Schlaf, während meine Großmutter durch den nächtlichen Morgen zum Schacht eilt, ich erwache von ihnen, da liegt meine Großmutter auf ihren dürren Knien und ihr lustvolles Stöhnen erfüllt die Stube, die Waschküche, den Kellertreppengang. Meine Großmutter schrumpft jeden Tag ein bißchen von der schweren Arbeit. Wie krumm sie ist, sehe ich beim Markenkleben und wenn sie nichts geschenkt nimmt.

Meine Großmutter behauptet, auch sie sei einmal jung gewesen. Und immer sei im Gebirg Winter gewesen. Und ihr Rock steifgefroren auf dem Heimweg aus den Waschhäusern der Kurpensionen, quer durch die Kurgärten und längs der Kurpromenaden. Und die eisigen, brettsteifen Tafeltücher und Scheißwindeln und Hände und Füße ihrer Jugendzeit.

Wer an die Finger friert, soll aufwaschen! höre ich die Stimme der stattlichen Frau, bei der ich aufbewahrt bin. Sie schallt aus dem Zimmer, das voller schwarzer Kissen liegt, *Unner Hamit,* und das klamme, diensteifrige Lachen meiner Großmutter antwortet aus der Küche.

Am kleinsten ist meine Großmutter, wenn sie in geduckter Haltung lächelt.

Die Landschaft steigt, ich blicke ihr nach, die helle Dame ihr entgegen, diesen nicht nachlassenden, leuchtenden Trotz in den Augen: Schön ist die Jugendzeit, schön, schön, die kommt nicht mehr.

Promenade, Tanz, Kurkonzert, fünfmal wöchentlich Naturbühne, gutes Privatpublikum, Wälder, Quellen, stärkstes radioaktives Heilwasser der Welt, Lahme werfen ihre Krücken fort.

Denn an vielen Stellen des weltberühmten Schlemathales wird Radioaktivität in so großen Mengen vom Erdboden ausgehaucht, daß die Luft des ganzen Thales schwach ionisiert ist wie auf den höchsten Gipfeln der Hochgebirge.

Nur einmal hat meine Großmutter sich erhoben gegen den Druck fremder Hände auf ihren Schultern. Wir blicken alle zu ihr hin. Über dem Glanz des Tafeltuchs leuchtet ihr Gesicht. Dies hier ist ein hauptstädtisches Restaurant. Meine Großmutter hat sich erhoben, um die letzte der vielen zärtlichen familiären Ansprachen an diesem Tag entgegenzunehmen, alles an ihr ist aufrecht, nur ihr krummer Körper nicht, ihre Backen glühen, der heilige Glanz ihrer weit geöffneten Augen, sie hängen an meinen Lippen: Auf unser hochbetagtes Geburtstagskind! Diesmal ist es *ihr* Geburtstag. Meine Augen begegnen ihrem Blick, meine Hand zittert beim Gläseranstoßen; welche Lebendigkeit sie an uns verschwendet!

Ich drücke ihr Handgelenk, ich kann es wie ein Stöckchen umfassen, dünn und hart ist es. Jetzt wird es härter, aber nicht dicker, sondern ganz hart, die Sehnen spannen sich, man blickt zu mir her, ich lächle zurück, jetzt fasse ich das Handgelenk meiner Großmutter fester, presse ihren Handrücken, die weichen Waschfrauenfinger, den nagellosen Stumpf. Aber meinen Druck überwindet sie spielend. Da lege ich ihr fest meine Hand auf den Arm; wie dünn er ist!, sie wirft meine Hand einfach gedankenlos ab, ich greife höher, ich lächle. Aber meine Großmutter erhebt sich und wird ganz gerade. Sie schabt die Reste von den Tellern, füllt die Terrine damit an, in vier Reihen schichtet sie das Tafelgeschirr in eigensinnige Abteilungen. Aber verhindern muß man, daß sie alles in die Hotelküche trägt, ehe die Kellner kommen. Das schaffe nur ich. Denn ich bin nun erwachsen.

Und die Augen ganz nach ihr.

Nur ihre Größe habe ich nicht. Ich überrage meine Großmutter um mehr als zwei Köpfe.

Jetzt türmt sich draußen das Haldengestein zur Landschaft. Die blauen Steine, die strahlen, nicht leuchten, aber heimlich strahlen. Das Gebirge: Kegel und abgeplattete Kegel. Nur auf einem ist in großer Entfernung noch etwas zu erkennen: ein paar Barakken, Masten, ein gebleichtes Transparent, alles winzig klein. Hier wird heute meine Großmutter begraben.

Frau in Chamois

In meiner Wohnung gibt es eine kleine, mit dem pappverstärkten Rücken gegen eine Bücherwand gelehnte Photographie. Sie hat Postkartenformat; der Rücken ragt wenig über die Ränder hinaus, wie ein Kissen, er faßt sich an wie Flanell. Er ist vom gleichen weichen braunen Farbton, der auch in der Photographie auffällig vorherrscht.

Die Photographie interpretiert mir die Welt als etwas tief Dunkles, das sich für Augenblicke ausschnitthaft stark erhellen läßt. Sie läßt keinen Zweifel an der Winzigkeit der Ausschnitte und der Augenblicke und an der unendlichen Tiefe des Dunkels ringsherum.

An der Stelle, wo mein Daumen schon oft gelegen hat, ist die Oberfläche beschädigt; man kann es nur erkennen, wenn man das glanzlose Photopapier gegen das Licht hält. Hier endet die Armlehne eines Sessels, es ist die Stelle, die auch *in Wirklichkeit* meistens etwas abgeschabt, abgegriffen ist. Es handelt sich um einen Rohrsessel, dessen Rückenlehne in fallendem Schwung in die Armstützen übergeht. Er ist weiß lackiert; man sieht nicht viel mehr als diese Stelle von ihm: einen ganz hellen Fleck, sogar ein wenig unscharf.

Meistens habe ich zu der Photographie einen Abstand von einem reichlichen Meter, nämlich wenn ich am Schreibtisch sitze und durchs Fenster auf den gezackten Horizont der oststädtischen Industrieviertel blicke, wo pausenlos Rangierzüge, Transportketten nagelneuer Kraftwagen, Schwerlasten an Stahlseilen, Schwenkarme von Autokränen in Bewegung sind.

Die Photographie zeigt eine Frau, zwei große weiße Hände, ein großes weißes Gesicht. Sie sitzt in einem Korbsessel.

Ihre Kleidung macht einen sonntäglichen Eindruck: ein Jackenkleid aus dunklem, porösem Gewebe mit ausgeklügeltem Zierrat, Ärmelaufschlägen aus Taft in Form spitzer Dreiecke und von jeweils drei taftbezogenen Knöpfen besetzt, in ebensolche Dreiecksformen mündet der Schoßteil der dunklen Taftbluse, möglicherweise ist es auch eine *falsche* Bluse, nur ein Besatz, der von zwei Schärpen gekreuzt wird, die aus der Seitentaille heraufstreben und in Höhe des Busens auf die Jacke geknöpft sind, aber auch das nur *falsch*. Die Knöpfe sind viel zu groß, um richtig funktionierende Knöpfe zu sein. An den Ärmelrändern und am Halsausschnitt ragen ebenfalls Einsätze hervor, aus weißer Spitze. Vermutlich sollen sie den Eindruck erwecken, sie stünden unter dem eleganten Stückwerk in einer Verbindung, aber ich bin sicher, daß es Einsätze sind, falsche Taschen, Hemdbrüste.

Dort, wo mein Daumen liegt, hatte kurz vorher ihre linke Hand geruht, ehe sie mit ihr nach der rechten im Schoß griff. Dort endet die Photographie, knapp unter ihren großen Händen. Auch sie sind ein wenig unscharf vor Helligkeit.

Tagelang gehe ich an ihr vorbei, ohne sie anzusehen. Sie steht seitlich des Weges von der Tür meines Arbeitszimmers zum Fenster, gewissermaßen am Wegesrand. Außerdem im Schatten des Fensters, in der Wandecke, wo man niemals Topfpflanzen unterbringt. Geliehene Bücher stehen dort, *Die Revolution der Hoffnung,* ich staube sie gelegentlich ab. Ich beuge mich ein wenig hinunter, um den Staub nach hinten zu blasen, und für einen Moment blühen sie auf wie unter dem Vergrößerungsglas, drei weiße Flecke: wo ihre linke Hand gelegentlich lag, ihre fächerartigen Hände im Schoß und ihr Gesicht. Das ist der größte.

Sobald jemand anderes nach dem Bild greift, um es aus der Nähe zu betrachten, nehme ich es ihm aus der Hand. Besonders schnell jenen *Seelenverwandten,* die es gedankenvoll in den Händen wiegen. Ich erkläre, daß ich die Abgebildete nicht kenne. Das entspricht der Wahrheit.

Ich bin jetzt ein Dutzend Jahre älter als sie.

An jenem Tag, als sie sich in den weißlackierten Korbsessel setzte und das Licht einer großen runden, klapprigen Photolampe so hart auf ihre rechte Gesichtshälfte fiel, mag sie fünfundzwanzig Jahre alt gewesen sein. Das Gesicht teilt eine scharfe, senkrechte Schattenlinie entlang der Nase, einer kräftigen, langen, ganz geraden Nase mit robusten, stillen Nasenflügeln. Die Augen sind groß und hell; es ist schwer zu sagen, wo sie aufhören. Es sind große, helle, fast gläsern wirkende Augen mit weiten Pupillen, *schwimmende* Augen ohne feste Konturen, die sich beim

Hineinsehen zu weiten scheinen. Der Mund ist schmal, untergeordnet, die Lippen liegen behutsam aufeinander.

Ich denke so gut wie nichts *über* sie, etwas mit Anfang und Ende, in der Art von Lebensgeschichten. Nichts.

In jenem Jahr, als wir gleichaltrig waren, hatte ich gerade ein Studium begonnen, war in eine fremde Stadt gezogen und wohnte zur Untermiete in einer dieser Baugenossenschaftssiedlungen der zwanziger Jahre, die damals den Eindruck machten, als würden sie noch mit dem Ordnungssinn deutscher Beamtenfamilien gepflegt. Ich besuchte ehrgeizige nächtliche Dispute junger Ästhetiker, eignete mir kurz nacheinander die Positionen von Brecht, Müller und Ionesco an und schrieb Gedichte in der Manier von Else Lasker-Schüler. Wenn ich spät heimkehrte, fand ich die Tür innen mit einer Kette versperrt, ich war gezwungen zu klingeln, wodurch meine Wirtin, eine große, magere Greisin, die sich in unnachgiebigen Gesten mitteilte, die übrigen Hausbewohner in den Zeugenstand rufen wollte. Sie stand starr und bleich, eine überlebensgroße Wachsfigur, in der Tür und sah kalt auf mich herunter. Unerbittlich schweigend, in kurzen, unsicheren Schritten tappte sie durch den langen, engen Korridor zurück, in der Haltung einer Königin von England auf düster beleuchteter Bühne.

Die Bilder aus dieser Zeit bis zu dem Tag, an dem sie endete, sie haben alle etwas Theatralisches an sich.

Seitdem sind ein Dutzend Jahre vergangen.

Sie hat sich nicht verändert seit dem Tag, da sie in

das armselig ausgestattete Atelier des Photographen trat. Hinter ihrem Rücken schaut ein geblümtes Kissen hervor, das mit einer Schleife an der Sessellehne festgebunden ist; die Schleife sitzt ihr keck über der Schulter.

Sie sieht einsam aus.

Vermutlich hat sie eine ebenso nichtssagende Biographie, wie auch ich sie in diesem Alter hatte. Sie wartet noch. Es ist noch alles offen.

Der Weltkrieg ist im Gange.

Irgendwo hinter ihr? Um sie herum? In ihr?

Wie fühlt er sich an?

War ich wirklich einmal so alt wie sie?

Eines Morgens trat ich aus dem Haus der Baugenossenschaftssiedlung, um die Stunde, in der man sich am wenigsten auskennt, die tiefe Stille vor den ersten Vogellauten, nur die Feuchtigkeit in der Luft regt sich, ein ganz unbestimmtes Sichregen. Ich trat aus dem Haus, und es zerriß mir fast die Trommelfelle. Dabei heißt es doch, nach einem Sterben würde die Stille erst einmal größer.

Ihre Augen haben mich bereits an diesem Morgen verfolgt. Sie hat alles gesehen. Sie weiß alles über mich.

Ich sitze am Schreibtisch, und ein wenig links im Fensterschatten vor der *Revolution der Hoffnung* leuchtet der helle Fleck ihres Gesichts, ein Stück tiefer der ihrer Hände, die nur *ein* Ausdruck ihres ganzen Sinnengeflechts sind, das groß und vollentwickelt, weiß und geöffnet auf die Umgebung gerichtet ist. Die große weiße Stelle der Stirn. (Und das Nichts an

Frisur, ein Seitenscheitel und hinter den Ohren gänzlich verschwindendes dünnes Haar.)

Seit wir zusammen sind, weiß ich, was Schönheit ist: Der ansonsten verborgene Entwurf des Ganzen.

Ohne Zweifel ist von ihrem Gesicht, von ihren Händen, von dem Körper, der sich unter den mit falschem Kragen, Mieder, Spitzen, Schärpen und Knöpfen besetzten Hüllen verbirgt, auf den Bau der elementaren Kristallformen zu schließen, die der Struktur aller toten und lebendigen Erscheinungen auf der Erde zugrunde liegen.

Die Stille, die sie umgibt, sie ist wiederum umschlossen von einem feinen, weit in den Raum zurückreichenden Rauschen.

(Und der schwarze Hintergrund im Photoatelier hat links eine Knitterfalte, sonst könnte man ihn am Ende noch für etwas anderes halten als ein Stück Fahnenstoff in einem ziemlich primitiven Photogeschäft: gleich links Kasse und Ladentisch unter dem Kaiserbildnis inmitten der vielen kleinen, jungen, allesamt klugen Gesichter der Kriegsfreiwilligen...)

In den periodisch wiederkehrenden Phasen der Verständnislosigkeit meinem Leben gegenüber frage ich mich, was ich in den vergangenen Jahren eigentlich getan habe, was es ist, womit ich immerzu beschäftigt war, und was nichts hinterläßt als das Gefühl von jemandem, der ununterbrochen in einem dunklen Wirrwarr, einem Labyrinth umhertastet und etwas zu öffnen sucht, damit für einen Augenblick ein Lichtstrahl hereinfällt und eine kleine Stelle beleuchtet.

Sie hat mich immer dabei beobachtet.

Sie ist der einzige Zeuge meiner Irrwege, meiner kleinen Winkelzüge und Fluchtversuche. Jedes Feuerwerk, das ich abgebrannt habe, hat sie mit ihren unverwandten Augen beobachtet.

Sie lächelt nicht einmal leise über mich.

Sie empfängt mich mit ihren Augen und bleibt wie sie ist: ungeschützt. Weiter ist an ihr eigentlich nichts. Nur daß sie mir, so oft ich es wünsche, ihr Gesicht ausliefert. Ohne auf mich zu reagieren. Völlig passiv. Als die immer gleiche.

Während ich mich selbst belog, verlor und verriet und irgendeine Art Züchtigung von ihr erhoffte, bot sie mir nichts als diesen verläßlichen, unverwandten Blick.

Sie verweigerte sich immer mit der gleichen Absolutheit, mit der sie sich gleichzeitig hingab.

Das ist es.

Das ist ihr Geheimnis.

Ich schaue zu ihr hin und weiß, daß nichts mehr aufzulösen sein wird zwischen uns. Selbst wenn ich es wollte. Es ist etwas Objektives. Etwas außer uns. Ein Drittes.

Die anhaltende Berührung zwischen einem einzigen Augenblick und der unaufhörlich über ihn hinausströmenden Zeit.

Damals, als die Tage so unmerklich in die Nächte übergingen (ein ganz leichtes Schwindligsein, das man nie loswurde, eine leichte Unschärfe der Umwelt, die sich nie ganz verlor), damals rief mich eines Nachts meine Wirtin zu sich. Sie empfing mich in ihrem Schlafzimmer, das ich zum erstenmal betrat, um mir einige kleine Aufträge zu erteilen. Es handelte sich um Unerklärliches, das mich in ihrer Nähe beschäftigt hielt. Unnachsichtig verfolgte sie jede meiner Bewegungen, während ich auf ihr Geheiß Gegenstände abstaubte, umstellte, in Schubladen hineinsah und mehrere kleine Uhren aufzog. Dann richtete sie sich auf, erhob sich, wobei sie ihr aufgeblähter Leib und die gichtstarren Glieder behinderten; sie schlug schweigend nach mir und forderte erst an der Tür wortlos meinen Arm, mit einer Geste, die jeden Widerspruch ausschloß. Ich führte sie über den langen, matt erhellten Korridor zur Toilette, und dann führte ich sie wieder durch den langen Korridor ins Schlafzimmer. Sie machte kleine, stolze, vorsichtige Schritte, und ihren Kopf hielt sie auf eine so anmaßende Art erhoben, wie ich es noch bei keinem anderen Menschen gesehen habe. Aber sie war nicht wirklich so groß, wie ich immer geglaubt hatte; nur ein paar Zentimeter größer war sie als ich selbst. Nach Mitternacht, als ich sie schon viele Male geführt hatte, duldete sie, daß ich mir ihre Arme über den Rücken spannte, um sie aus dem Bett ziehen zu können. Ihr knochiger Körper hatte eine gußeiserne Schwere bekommen. Während unserer Gänge über den Korridor entleerte er sich unaufhörlich. Ich lud ihn mir auf den Rücken wie einen Rucksack und hörte die Spitzen ihrer Pantoffeln schleifen. Sobald ich ihn am Bettrand absetzte, fiel er zurück. Sie sah mich manchmal an, mit dem gleichen Blick, mit dem sie mich nach zehn Uhr an der Wohnungstür zu empfangen pflegte, wenn ich, verwirrt von Gesprächen, Küssen, Zukunft, heimkehrte in meine Untermieterkammer.

Ich lud mir ihren Körper wieder auf und schleppte ihn durch den Korridor; ich hoffte längst, daß er durch die ununterbrochene Entleerung an Gewicht verlöre, aber dann passierte es auf dem Rückweg, daß ich unter seiner Last zusammenbrach und ihn nicht mehr aufrichten konnte. Sie lag auf dem Boden und wartete, ohne mich anzusehen. Ich winkelte meine Arme um ihre Schultern und schleifte ihren Körper den Korridor entlang, über die Schwelle bis vor das Bett, gegen das ich ihn mit dem Rücken lehnte. Von da an hielt sie ihre Augen unbewegt auf mich gerichtet. Sie folgten mir, während ich den Kleiderschrank öffnete und schloß, das Laken wechselte, und sie beobachteten mich ganz aus der Nähe, als ich ihren Körper, der sich immer mehr versteifte, über den Bettrand zu stemmen versuchte, er zweimal auf den Boden sackte, als ich mich auf das Bett hockte, dann stellte und ihn Zentimeter um Zentimeter heraufzog. Es entging ihr nichts. Ihr Oberkörper fiel auf das Bett zurück, ich deckte ihn zu, dann fing ich an, den Fußboden zu säubern, es war Morgen geworden, und während ich unten kniete und ihre Exkremente mit einem Lappen aufwischte und in einen Eimer spülte, beobachtete sie mich mit der strengen, ausdruckslosen Aufmerksamkeit eines Kindes.

Stilleben mit Amphibie

In der fremden Wohnung angekommen, war ich als erstes auf den Balkon hinaus ins Freie getreten. Die Wicken im Blumenkasten hatte der Wind fest ineinander verwirrt, sie hingen als Knoten mal zur Wohnung hin, mal über die Brüstung hinaus in den Hof; ich hob den Knoten an und roch daran, der Geruch war schwach, nicht vergleichbar mit jenem, den der dichte Kranz aus Wicken verströmte, den ich als Sechsjährige einen Nachmittag lang auf dem Kopf getragen und nach dem ich am Abend gegriffen hatte: in etwas Kühles, Schlaffes, Lebloses, das mich ekelte.

Nun schien mir die Sonne gerade ins Gesicht.

Ich merkte dieser Wohnung sofort an, daß sie für den Gast geordnet worden war, der sich hier eine gewisse Zeit allein bewegen würde, in Abwesenheit der Familie. Durch die Anstrengung, mit der hier Spuren beseitigt worden waren, traten andere deutlich hervor: Schrammen an niedrigen Möbelteilen, die Abdrücke kleiner Finger an Tischbeinen, Wänden; um die Lichtschalter sammelten sie sich wie Lebewesen, wie diese bohnenförmigen Einzeller, die, betrachtet man sie unter dem Mikroskop, immer einen Augenblick unschlüssig stilliegen, ehe sie suchend weiterrücken. Überhaupt Tastspuren überall, als würde hier alles Gegenständliche immerzu berührt.

Und eine Stille war in der Wohnung, lediglich von den Kühlaggregaten in der Küche unterbrochen und von einem gelegentlichen gurgelnden Geräusch, das von den gärenden Weinen herrührte, die, tiefrot in den Ballons, oben auf den Kühlschränken standen.

In einem Aquarium hing schräg ein kleines dunkles Tier mit prallem apfelsinenfarbenen Bauch. Ich suchte sogleich einen Blickkontakt, hatte aber keinen Erfolg, jedoch die Gewißheit, daß das Tier aufgrund seiner Gefangenschaft mich nicht verlassen konnte. Die Ruhe, mit der es gegen die Wand blickte, bewies mir das.

Mir fiel bald auf, daß in der Wohnung Wind wehte. Mal von der fernen Stadt herauf, die unter dem Schlafzimmerfenster wie in ein Flußbett geschüttet lag, mal aus dem Hof. Der Wind benutzte bestimmte Wege, Kanäle, Räume, die ich nicht kannte, aber sobald ich mich an der einen oder anderen Stelle der Wohnung bückte, änderte sich das Temperament der Luft, was ich schon am zweiten Tag bemerkte.

Ins Zimmer schwärmten Wespen herein, als verberge sich unten in der harten, unbewachsenen, von Bauspuren markierten Erde des Hofes ein Nest. Auf dem Balkonboden stieß ich am dritten Tag auf einen großen gelben Krug aus Plast, bis zum Rand mit Wasser gefüllt. Vom Zimmer aus, dessen Eßtisch meine Gastgeber für mich als Schreibtisch hergerichtet hatten, konnte ich den Rand des Wassers sehen, er zeichnete sich an der durchsichtigen Wand des Kruges ab und bewegte sich. Die Wespen sammelten sich an der Innenseite der Fensterscheibe. Nach dem Mittag kreisten Kinder auf Rädern im Hof, mir entging nicht, wie sie sich auf die schnelle Anfahrt die Sandhügel bergan konzentrierten: mit festem, engem Blick.

Ich begann, mit Stecknadeln kleine Zettelchen auf einen Polystyrolrücken aufzuspießen, einem Verpakkungsrest der heimelektronischen Industrie, er wies interessant angeordnete Vertiefungen verschiedener Größe und Form auf.

Nie sah ich jemanden von einem anderen Balkon herunterschauen, nur die Kinder waren in regelmäßigem Rhythmus da und wieder verschwunden. Einmal fiel ich einem von ihnen auf, und es grüßte herauf zu mir, nicht erstaunt, eher einer Pflicht Genüge tuend. Es erinnerte sich meiner auch nicht noch einmal während seines Spiels.

Unterdessen hielt der Sommer an, ich sah morgens, mittags und abends nach den Himmelsausschnitten, die die Wohnung nach zwei Richtungen bot; die Kühlaggregate funktionierten normal.

Ich schloß die Fenster ab und die Balkontür und sah nun durch das Scheibenglas den Wasserrand auf der Wand des gelben Kruges. Er war gesunken. Alle Feuchte verdunstete rasch über die warmen Mittage, und er wurde nicht mehr vom Wind geschaukelt.

Ich fing an, die Zettel mittels der Nadeln auf dem Polystyrolrücken zu bewegen. Es galt, die Ausdehnung des Geistigen, der Phantasie zu materialisieren. Dank der eingepreßten Vertiefungen, der Gänge, Becken, Tunnel und der durch Beschädigung entstandenen krümeligen Grotten war die Dreidimensionalität möglich. Ich rührte mich nicht.

Dann war es an der Zeit, sich des Lebewesens zu erinnern, das einmal wöchentlich Nahrung erhalten sollte: einen starken Wurm, der sich in einem mit Erde gefüllten Glas verbarg, das neben den gelben Krug gestellt worden war. Die Werkzeuge meiner Pflichten hatten meine Freunde übersichtlich auf kleinstem Raum untergebracht, das entsprach ihrer praktischen Art. In dieser Art und Weise war mir auch erklärt worden, wie sich das Tier bei der Fütterung verhält und wie ich mein Verhalten darauf einstellen sollte. Während dieser Erklärung hatte ich auf den Mund meines Freundes geblickt und mich eines Satzes erinnert, den er mir schrieb, ehe er meine Freundin heiratete, und ich hatte darüber nachgedacht, welches Recht wir an einem geschriebenen Satz haben.

So wußte ich nun nicht mehr, als daß der Molch dumm und ängstlich ist, jedoch war mir entgangen, wie ich mich darauf einstellen sollte. Andererseits besann ich mich genau auf die Beschreibung des Fressens: Der Molch verschlingt den Wurm, der dessen Körperstärke besitzen kann, auf einmal im Ganzen. Wie eine Schlange ihr Opfer in sich hineinwürgt. Ich näherte mich dem Glas und fixierte das Tier; es hing schräg und reglos im Wasser.

Ich hatte den Polystyrolrücken an der Wand befestigt und wechselte alle Stunde die Distanz; jeden Morgen sah ich nach den dicht schließenden Tür- und Fensterrahmen. Das Stoßen der Wespen gegen die Scheibe nahm noch einmal zu, etwas Wildes, Dumpfes lag darin, es verlor sich aber in den folgenden zwei Tagen fast ganz, belebte sich am Morgen darauf erneut, zum letzten Mal, und blieb danach aus. Die Kühlaggregate und die Weingärung funktionierten ohne Zwischenfall weiter. Ich schritt lautlos durch die Wohnung, trug keine Schuhe, kleidete mich auch morgens nicht mehr an; mein Körper stak in einem langen weißen Hemd.

Das Sichzusammensaugen der Konzentration in einem Unterdruckraum, die aus dem Unterdruck entstehende Stoßwelle, die etwas heraufträgt, etwas, das dann an die Oberfläche tritt, ganz und gar und sicher von vollkommenem Ebenmaß, wenngleich nicht symmetrisch im erkennbaren Sinne, wiewohl aber von verborgener Symmetrie, wie alles, was Leben hat.

Ich wechselte jetzt mit dem Molch hin und wieder Blicke. Wenn es mir gelang, den seinen zu treffen, ruhten unsere Blicke oftmals lange ineinander. Er schien es seinerseits nicht abbrechen zu wollen, eine ausdruckslose Amphibie, die entwicklungsgeschichtlich ein Alter von einhundertsiebzig Millionen Jahren besaß. So lief es darauf hinaus, daß ich es war, die seinem Blick nicht standhielt.

Er schien mir kleiner geworden, faltiger, irgendwie gealtert. Er näherte sich wohl endlich seinem evolutionären Alter, dem des Lebens auf der Erde; ich ließ ihn nicht mehr aus den Augen. Das Schweigen, das wir miteinander hielten, legte sich über die ganze Wohnung, es heftete sich in die Gardinen und war über der flachen Rinne im Fensterbrett, in der die trockenen Reste der bunten Wespen lagen, seltsam gekrümmt.

Der Molch, ein dunkles, runzliges Häutchen, glitt von der glatten Oberfläche eines Kiesels auf den Grund.

Ich schichtete weißes Papier auf, teilte es, so daß es sich vor mir erhob wie eine Anhöhe, über die ich durch das Fensterglas die flatternden Wicken sah. Ich wurde klar, kühl und fest. Ich suchte seinen Blick und hielt ihn. Er hockte in einer Nische unter einem Stein. Dort war es dunkel. Über Nacht brannte nur die kleine Schreibtischlampe; das reichte, damit wir einander nicht verfehlten. Unsere Blickte ruhten ineinander. In den Morgenstunden gab es eine Bewegung, das winzige schwarze Fetzchen hatte sich gedreht, von einer unsichtbaren Welle angeschoben, und für einen Sekundenteil hatte ein Farbfleck aufgeleuchtet.

Ich schrieb die Nacht und den folgenden Tag und wieder die Nacht und den folgenden Tag und in der Mitte der dritten Nacht fiel ich erschöpft nieder, und während ich schlief, begann ein lauer nächtlicher Wind zu wehen, denn im ehelichen Schlafzimmer meiner Freunde war ein Spalt am Fenster, den hatte ich übersehen; der Wind strich unters Bett und an meinem Körper herauf, der in diesem langen Hemd steckte, und zuletzt fiel mir der Mann ein, den ich einmal geliebt hatte, und der mich geliebt hatte, woraus allein alles Lebendige gemacht ist.

Glashaus

Jetzt ist es einen Augenblick lang still. Die Tagesgeräusche sind verstummt. Unten schlug eben noch der Preßlufthammer, das Antriebsaggregat war deutlich zu hören. Schon lange, viele Wochen wird etwas verändert, die Straße liegt aufgerissen da, an manchen tiefen Rißstellen tut sich ein sauberer Längsschnitt durch die Erde auf, der sich nach unten rötet und oben von der scharfen Kontur der blauen Asphaltdecke abgeschlossen wird. Offensichtlich lassen sich an der Erde immerzu kleinere Eingriffe vornehmen. Ich blicke von oben hinunter und halte still. Wie mühselig jegliches Weitermachen ist, wie tollwütig eigensinnig. Es entfernt sich mit Hammerschlägen in unbestimmte Richtung, aber sehr zielstrebig.

Ich höre jetzt Stimmen im Schlaf. Jemand lockt einen Hund mit scharfem, herausforderndem Raunen, das je schärfer, desto stimmloser wird. Dieser Jemand lockt ihn unter dem Tisch, während er sich oben am Gespräch einer Tischgesellschaft beteiligt, wo seine Rede untergeht im entspannten Geplauder nach der Mahlzeit. Anscheinend wird nichts Besonderes verhandelt. Keiner der Anwesenden bemerkt seine Doppelzüngigkeit, oder es nimmt sie niemand zur Kenntnis. Darin liegt vielleicht ein Geheimnis. Da er aber nach oben wie nach unten die gleiche Gelassenheit an den Tag legt, so als würde es keinerlei Anstrengung kosten, dieses Wechseln des Ausdrucks, mag den anderen vielleicht wirklich nichts auffallen, und sie können ganz in Ruhe dahinreden. So geht es stundenlang, während ich im Halbschlaf liege.

Am frühen Morgen nimmt der Preßlufthammer wieder seine Arbeit auf. Es wird eine Maschine dazu benutzt, die Straßendecke aufzureißen, eine Maschine mit einem großen zweigelenkigen Arm, dessen Ende als ein Stumpf auf dem Boden steht. Unter seinem Hämmern beginnt die Asphaltdecke nach ein paar Sekunden zu vibrieren, es sieht aus, als verflüssige sie sich, dann bricht der Stein auf, und der Armstumpf räumt mit ungelenken Bewegungen die Brocken zur Seite. Das geht den ganzen Tag so, und ich weiß nicht, wie viele Tage vergangen sind und seit wann.

Unter dem Horizont kann ich kleine Waggonketten beim Rangieren beobachten, auf den Abstellgleisen weht Dampf aus schwarzblauen Kesselwagen. Von hier oben aus entgeht mir keine Bewegung. Die kleinen Menschen in den einfahrenden Zügen nähern ihre winzigen Gesichter der Scheibe, um das, worauf sie zufahren, mit den Augen zu fassen, was ihnen auf gerader Strecke nie gelingen wird, und ich bin es, der ihre heimliche Anstrengung verfolgt. Keiner von ihnen hat mich je hier oben gesehen, hinter diesem Fenster, von dessen Rahmen die Farbe blättert.

Kaum ist der Lärm der Geräte verstummt, sind wenig später die Stimmen da. Vielleicht sind es die Stimmen der kleinen Menschen in den Zügen? Vielleicht sind sie es, die sich immer am Abend in dieser Tischgesellschaft begegnen. Ich weiß nicht, worum sich das Gespräch dreht. Der scharfe, gedämpfte Ton der Drohung und Lockung fügt sich ganz harmonisch ein. Alles in allem eine halbwegs ausgewogene Situation, ich kann sie bereits ertragen, gewöhnt habe ich mich schon an sie. Ich vermeide jede unnötige Bewegung. Ich muß warten können.

Sobald der Armstumpf unten zu hämmern beginnt, hat wieder ein Tag angefangen. Der wievielte? Und seit wann? Es geht weiter. Es ist einfach und klar und nicht zu überhören und nicht mißzuverstehen, und es duldet in seiner Besessenheit keinen Widerspruch. Und es war wohl schon immer da, während ich die Stimmen erst seit einiger Zeit höre. Morgens fühle ich mich durchaus nicht ausgeruht, so daß ich vermute, alles geschieht vielleicht doch im Wachzustand. Offen gesagt, ich warte auf den Moment, da man mir den Zugang zu dieser Tischgesellschaft gestattet, ein Ruf, irgendein Ausdruck des Interesses wäre schon vonnöten; mein Wachsein ist schon deshalb unerläßlich, damit ich ihn nicht überhöre. Immer mehr wird meine Aufmerksamkeit davon beansprucht, den Inhalt des Gesprächs dem quälend Halblauten zu entreißen, damit ich mich bei passender Gelegenheit einmischen und mir so den Zugang ertrotzen kann, wenn eine Einladung weiter ausbleiben sollte. Ich merke, daß das an meinen Kräften nicht spurlos vorübergeht. Eine gewisse Verspannung tritt ein.

Neulich gegen Morgen gelang es mir das erste Mal, ein Wort aus dem Vagen zu reißen. Unter unsäglichen Schmerzen. Das Wort hieß *allabendlich*. Ich war weder überrascht, noch enttäuscht, ich war viel zu erschöpft, um meinen Fang zu beurteilen. Statt dessen fiel ich in einen kurzen aber tiefen, traumlosen Schlaf, aus dem mich erst die Hammergeräusche weckten. Ich erinnerte mich zunächst an nichts, das dankte ich diesem erquickenden Schlaf, den ich lange entbehrt hatte. Ich war frisch und stieg nach einem kräftigen Frühstück die sechsundneunzig Stufen aus der großen Höhe hinunter und trat ins Freie. Es war bereits Herbst geworden, das Geäst der Baumkronen lag scharf auf dem tiefblauen Himmel, es erinnerte mich plötzlich an etwas, und während ich die Platanenallee entlangspazierte und über mir die schwarzen Kugeln baumelten, die aussahen wie mittelalterliche Schlagwaffen, kleine Morgensterne, wurde ich mir immer sicherer: es war der vorige Herbst, an den mich das alles erinnerte. Ich vernahm ein seltsames, beklommenes Wanken in meiner Brust, wie eine leise, aber mächtige Bewegung am Grunde des Meeres, die nach oben zu etwas Unsteuerbarem anwachsen kann.

Ich entschloß mich sofort umzukehren, hinlänglich erfrischt, und meinem Tagwerk nachzugehen, was mir auch einige Stunden gelang, in denen ich eine Heftigkeit verspürte in mir, mit deren Schwinden erst sich die Geräusche des Hammers unten wieder als etwas Fremdes in mein Bewußtsein drängten, und kaum begriff ich das, stürzte ich ans Fenster, erspähte aber nichts als einen Menschen mit stark gewölbten roten Schalen über den Ohren, der aus einer Kabine heraus die Bewegungen des Hammerarms verfolgte.

Auch dieser Mensch spricht den ganzen Tag über

kein Wort, es dringt auch keins zu ihm, dafür sorgen die roten Schalen über seinen Ohren. Vielleicht muß ich mir nur diese Tatsache hinreichend vergegenwärtigen, um die Befremdlichkeit meines Daseins ertragen zu können?

Was ich anfangs am meisten fürchtete, war eine Zuspitzung der nächtlichen Situation. Ich fürchtete diese Entwicklung, weil ich sie gleichzeitig zwanghaft vorantrieb. Ich war mir sicher, mit den Jahren ein Wort nach dem anderen aus diesem Zwielicht von Wach- und Alptraum reißen zu können, unter unvorstellbaren Qualen und unter Aufgabe meines praktischen Verstandes.

Aber wie es jetzt scheint, verharrt alles auf einer Ebene, nichts geht voran, und jenes armselige temporale Adverb scheint das einzige bleiben zu sollen, dessen ich je habhaft werden konnte.

Einmal klingelte es an meiner Tür.

Ich hatte richtig gehört: Es klingelte an meiner Tür. Jemand stand draußen, ein Mann im Mantel. Er erklärte mir, der Zufall führe ihn her, wie der Zufall einen manches Mal lenke, da solle man sich nicht störrisch zeigen. Zwar sei es schon spät am Abend, aber er habe noch Licht in dem hochgelegenen Fenster gesehen, auch mangele es ihm nicht etwa an Bekannten, was nicht jeder in der Lebensmitte von sich sagen könne, eigentlich mangele es ihm an nichts, auch nicht an der inneren Freiheit, um diese Stunde jenem einsamen Fensterlicht in der Straße zu folgen, wenn es sein müsse.

Wie geht es Ihnen? erkundigte ich mich höflich.

Der Mann füllte meinen nicht gerade engen Flur ganz aus, obwohl er nicht dick war, eher von einer federnden Kräftigkeit. Jetzt im Licht sah ich auch sein Gesicht, er trug einen kleinen Bart auf der Oberlippe; durch die unbedeutende Farbe des Haars drängte sich der Bart nicht eitel hervor, sondern wirkte sympathisch zufällig.

Ich hielt den Sporthut des Gastes in Händen.

Auch ich sei immer noch der alte, scherzte mein Gast und half mir damit aus meiner verlegenen Position. Er nahm mir auch den Hut aus den Händen und brachte ihn mit einem imponierenden Wurf auf der Garderobe unter.

Das war eine gute Idee, hier heraufzusteigen, sagte ich ihm. Vorläufig umging ich noch das Du, es braucht eine allmähliche Annäherung, der man nicht zuvorkommen kann. Aber ich war froh über sein Angebot. Fast hatte ich Angst, er könnte meine Zurückhaltung mißverstehen und sein offenes, bedenkenloses Wesen wieder wegnehmen. Jetzt, wo es schon in meine Wohnung geflogen war.

Ich bat meinen Gast in das Zimmer, das ich am Tage und in der Nacht bewohne. Ich fürchte, es macht keinen sehr einladenden Eindruck. In den Augen eines Gastes muß es geradezu abweisend wirken. Die Atmosphäre des Allerpersönlichsten ist hier in diesem Raum so dicht, daß für ein anderes Bewußtsein kein freier Fleck bleibt. Es muß sich mit Gewalt hineindrängen. Das spüre sogar ich, wie erst muß es einem Gast ergehen! Ich wollte mich bei ihm dafür entschuldigen, aber mir fehlte es an Worten, jetzt mehr denn je, da ein Mensch vor mir stand, an den ich sie richten konnte.

Zum Glück ließ mich mein Gast nichts von seinen Wahrnehmungen merken, im Gegenteil: Er nahm das, was mir fast die Luft nahm, taktvoll nicht zur Kenntnis und ging geradewegs auf den einzigen großen Stuhl in meinem Zimmer zu und setzte sich darauf. Es ist der Stuhl, der gewöhnlich vor meinem Schreibtisch steht, jetzt aber, da ich beim Ertönen der Klingel aufgestanden war, ein Stück davon abgerückt stand. Es ließ sich wohl nicht mit Sicherheit erkennen, daß dieser Stuhl, der hölzerne Armlehnen hat und geräumig ist, zu meinem Schreibtisch gehört. Es ist nicht die einzige Sitzgelegenheit in meinem Zimmer, es steht auch eine Liege da, auf der ich schlafe. Aber am Tage kann sie ein Sitzmöbel sein. Das persönlichste, ja das intimste Möbelstück aber ist mein großer Schreibstuhl. Daß das mein unverhoffter Gast in dem Augenblick erfühlte, als er in mein kleines Zimmer eintrat, das wollte ich ihm jetzt mit Unbefangenheit vergelten. Zwar kannte er mich, vielleicht aus der Kinderzeit, worauf er zuvor im Flur anspielte, und ich durfte wohl bei ihm mit Verständnis rechnen. Aber nichts wußte er von den vergangenen zehn Jahren, und nichts von den vergangenen acht Tagen meines Lebens, in das er getreten war.

Er hatte es sich bequem gemacht.

So lebst du also, sagte mein Gast.

Er saß in meinem Stuhl, ich hatte etwas tiefer auf der Liege Platz genommen. Mein großer Stuhl verleiht jedem Menschen, den er aufnimmt, eine Würde, indem er ihn in einer Haltung stützt, die ein Mensch aus sich heraus nicht lange aufrechterhalten kann. Diese Haltung leitet augenblicklich ein inneres Sammeln ein; es ist, als flösse alles richtungslos in uns Kreisende auf einmal in ein einziges Gefäß, über dessen Existenz wir so oft in Zweifel geraten; aber es gibt es! Ja, es gibt es.

Mein Gast machte eine gute Figur in meinem Stuhl. Ich habe bisher noch kaum Gelegenheit gehabt, das so zu beobachten. Nie vorher saß jemand so an seiner Statt. Wer weiß, wie mein Leben hier oben verlaufen wäre, hätte ich eine Vorstellung von mir in dieser Position mit mir herumgetragen. Vielleicht hätte die Vorstellung mich gestärkt, denn es ist eine starke Position, das sah ich jetzt. Wer hätte gedacht, daß ich das sein kann! So wie die Hände meines Gastes jetzt auf den Armlehnen ruhten, die Fingerspitzen ein klein wenig angestellt, locker, aber doch nicht selbstvergessen, ganz und gar nicht selbstvergessen, wie sie da lagen, so wurden Könige porträtiert. Recht frei blickte er auch in meinem Zimmer umher, das mir so vertraut ist wie meine Haut.

So lebst du also, wiederholte mein Gast.

Da war sein Blick auf meinem Dielenfußboden angelangt, den ich mit einem gewebten Läufer bedeckt habe, und nun bezichtigte sich mein Gast einer groben Nachlässigkeit, er holte rasch nach, was er versäumte, er knöpfte mit erstaunlicher Diskretheit seine Stiefeletten auf, zog seine Füße daraus hervor, und auch das hatte nichts Peinliches, er faßte sein großes Schuhwerk geschickt, um es beiseite zu stellen, und ohne ein Zögern fand er dafür unter dem Schreibtisch den rechten Ort. Er entschuldigte sich, er erklärte mir, daß er das eigentlich niemals vergesse, daß es ihm eine selbstverständliche Gewohnheit sei und das Unverzeihliche daran, daß er sie ausgerechnet hier bei mir verlor.

So wie er seine Füße hielt, mochte man nicht denken, daß sie bloß waren, wenngleich nicht nackt. Aber Füße in Strümpfen rufen bei einem anderen Menschen gemeinhin noch stärker das Gefühl des Entblößten hervor als gänzliches Unbedecktsein. Mein Gast war sich dessen nicht bewußt, wie sonst konnte er eine solche Natürlichkeit an den Tag legen?

Dabei kannte ich nicht einmal seinen Namen.

Ich erinnerte mich nicht.

Wäre mir gar ein Name eingefallen – was hätte ich mit ihm anfangen können? Ein Klang aus jener Zeit, eine brüchige Stimme, seine oder die eines anderen, den Geruch von Turnbeuteln und Pubertätsschweiß, der besondere Nachhall von Anfeuerungsgeschrei in Turnhallen. Und plötzlich hätte vielleicht dieser Mensch in mein Leben gehört. Und wie hätte es dann mit uns beiden weitergehen sollen?

Von meinem Platz aus, der mir unbequem wurde, weil mir eine Stütze im Rücken fehlte, konnte ich in die weit geöffneten Abgründe seiner Schuhe blicken, dünner weicher Stiefeletten aus hellem, fast weißem Wildleder, die sich unter meinen Schreibtisch schmiegten, als wären sie hier daheim. Einen großen Fuß hatte mein Gast. Auch seine Stimme stieg voll entwickelt aus elastischen Resonanzräumen herauf.

Es gefällt mir bei dir, sagte er mit dieser Stimme, zwar sei es eigenartig, was er ja geahnt habe, aber in gewissem Sinne gefiele es ihm. Es handele sich bei seinem Gefallen vor allem um die Genugtuung, mich tatsächlich an einem *Ort* vorzufinden, mich gewissermaßen *dingfest* zu machen und alle anderen zu mir gehörigen Dinge auch. Dabei schaute er wieder über die papierne Landschaft meines täglichen Lebens, aber bereits etwas oberflächlich jetzt, schon mit einem Wiedererkennen im Blick, mit der sympathisch schamlosen Flüchtigkeit, die unkomplizierten Menschen eigen ist.

Vielleicht sollte ich meinem Gast etwas anbieten?

Ein Glas Wein oder sonst einen Ausdruck meiner Freude?

Dazu mußte ich das Zimmer verlassen und in der Küche Vorbereitungen treffen; mein Gast blieb allein, was gewiß keine Höflichkeit von mir war.

Während ich mich auf die Gegenstände besann, die zur Bewirtung von zwei Personen dienen können, wuchs die Unruhe in mir. Er mochte sich ja inzwischen, denn die Zeit zum Denken war lang, Rechenschaft geben über seinen spontanen Entschluß, hier heraufzusteigen, und die Munterkeit während des Entschlusses vergleichen mit dem Gefühl, das ihn nun allmählich einnahm und das ich natürlich nicht kennen konnte. Aber ich kenne das Gefälle jeglicher Durchführung, gesehen aus der Höhe des einmaligen Einfalls.

Im Zimmer fand ich meinen Gast am Fenster stehend vor. Es wurde ihm also doch lang, so ohne einen anderen Menschen in einer fremden Wohnung. Ich hätte ihn auf gewisse Ereignisse vorbereiten sollen. Sie lassen nicht lange auf sich warten, wenn ich in meinem Schreibstuhl sitze und die Gewißheit meines Alleinseins mich umschließt, wie ein Dauerregenschleier die Fensterscheibe deckt, ein Glas über dem Glas.

Aber er mag zu schnell ängstlich geworden sein, als ich ihn allein ließ. Deshalb war er gleich aufgestanden und ans Fenster getreten. Er wird es bemerkt haben: Mein Stuhl und die Haltung, in die er einen fügt, und die enge Höhe meines Zimmers, das alles holt einen zurück von allen Ausflüchten vor sich selbst. Das hat er natürlich spüren müssen, und eine Unruhe hat ihn erfaßt. Darauf hätte ich ihn vorbereiten müssen. Möglicherweise war er auch die Angst nicht gewöhnt.

Aber die Aussicht, sagte er vom Fenster her, er wisse nicht recht.

Wir stießen miteinander an, ich wollte es so, denn ich faßte Vertrauen zu meinem Gast, dessen Gebaren mir fremd und erstaunlich erschien, wie das eines unbekannten Wesens.

Die Aussicht ändert sich immerzu, erklärte ich ihm, am zeitigen Morgen, kurz nach Sonnenaufgang, blicke ich auf ein dunstiges Meer, ein Meer, über dem Nebel schwebt; man kann nicht genau sagen, wo ein Aggregatzustand an die Grenze des anderen stößt, wo die Zustände ineinander übergehen, was bedeutet, daß es einen Zwischenzustand gibt, der sich physikalisch womöglich nicht nachweisen läßt. Aber er existiert natürlich, denn ich nehme ihn ja wahr. Das sind die Minuten, da die Schornsteine, Lichtmasten, Antennen, die kleinen blauen, dampfenden Kesselwaggons und die Gefrierzüge, die Laderampen, Lagerschuppen, die aufgebockten Anhänger und die liegengelassenen Putzlappen und die aus der Straße gerissenen Steine ihre materielle Schwere verlieren und nur Ausdruck sind, Ausdruck von etwas Geistigem. Und ein paar Augenblicke später bereits entblößen sie sich in ihrer unabhängigen Realität, ich erkenne die kleinen Gesichter, an die Zugfenster gepreßt, ich fühle ihre schmerzenden Stirnhöhlen, ihre schweren harten Augen fühle ich, wie sie den spitzen Winkel zwischen der Wagenwand und ihrer Blickgeraden zusammenzupressen suchen. Es nützt ihnen nichts, was sie wollen, bekommen sie nicht. Aber sie sind ganz nahe dran und denken, wenn sie jetzt mit der Stirn das Glas zerschlügen –

War es der Wein, der mich so beredt machte?

Oder das Glück eines leibhaftigen Gegenübers?

Lange hatte ich mich nicht mehr reden gehört. Meine Stimme bebte ein wenig, das konnte nur ich merken, es ist ein Druck unter den Rippenbögen.

Mein Gast hatte seine langen Beine schräg hinauf gegen die Kante meines Schreibtisches gelehnt. Ich füllte sein Glas neu und anschließend meines, das auf dem Boden neben der Liege stand. Ich versuchte auch eine bequemere Stellung zu finden, saß aber am Ende wie vorher, nur war ich zurückgewichen bis an die Wand, die mich jetzt stützte und von der aus ich das Zimmer ganz und gar erfaßte, wie ein ganz kleines Lebewesen, dem sich alle drei Dimensionen unverkürzt durch die eigene in ihrem tatsächlichen Verhältnis darbieten. Aus dieser Perspektive wirkte mein Gast noch raumgreifender als vorher.

Bei Licht besehen, sprach er zu mir, hast du dich aber nun doch eingerichtet, was nicht zu erwarten war. Es gibt also jetzt eine Stelle, an der man dich antrifft. Du hast einen Raum, klein aber dein. Dein Zuhause. Und es gefiele ihm sogar, da er sich daran zu gewöhnen beginne. Er könne wirklich sagen, daß es ihm in gewissem Sinne gefiele.

Ich fragte mich, wodurch dieser Tag, der meinen übrigen Tagen zunächst aufs Haar glich in seiner mühseligen Verlorenheit an die Worte und an die Sinnfiguren, die hinter den murmelnden Stimmen und den Bildern verborgen liegen, unmißverständliche, mit dünnem, hartem Stift gezeichnete Entwürfe von kleinen Kosmen, wodurch dieser Tag nun einen solchen Gipfel verdient hatte.

Ich trug die zweite Flasche Wein herein, und da saß tatsächlich ein Mensch und empfing mich mit einladendem Lächeln. Als sei er schon immer hier.

Nach so vielen Jahren, sagte er, während ich unsere Gläser füllte – es mochte Mitternacht sein –, nach so vielen Jahren habe er sich wieder einmal überzeugen müssen. Er kenne die Lebenswege aller unserer kleinen Kameraden, die alle ihren Platz gefunden hätten. Aber was mich anginge, gäbe es nur Mutmaßungen, Gerüchte.

Ich hätte meinen Gast jetzt gern ans Fenster geführt, denn jetzt war die Dunkelheit tief genug, damit wir beide dort unten die Positionslichter von Schiffen hätten ausmachen können.

Er wolle das aus der Welt räumen, diese Unbestimmtheiten. Nur das sei es, was er immer gewollt habe, in meinem Interesse.

Der Wein begann nun meine Glieder zu beschweren, ich konnte mich überhaupt nicht mehr ablenken lassen oder in unnötigen Bewegungen meine Kräfte vertun.

Dabei warst du kein guter Kamerad, sagte mein Gast, du warst abwesend. Du standest mitten unter uns, und wenn ich nach dir greifen wollte, griff ich ins Leere. Dabei hast du nicht einen Schritt zur Seite getan, um auszuweichen. Du wichst nicht aus. Du warst einfach nicht anwesend. Aber nachweisen konnte man dir nichts.

Die Stimmen! Es war ja längst an der Zeit!

Anständiger wäre es, rief mein Gast aus der Küche, wo er die dritte Flasche Rotwein entkorkte, wenn man dir etwas nachweisen könnte.

Nachdem er unsere Gläser gefüllt hatte, schaltete er das Deckenlicht aus, jetzt brannte nur noch meine Schreibtischlampe, deren Schirm ich so tief auf die Tischplatte ziehen kann, daß das beschriebene Papier sich erwärmt. Mein Gast trank mir zu, ich hielt die Arme um die Knie gespannt, da waren die Stimmen, wie jeden Abend um die Zeit, wie allabendlich, doch diesmal konnte ich jedes Wort verstehen.

Du mußtest wissen, daß ich kommen würde, sagte mein Gast. Irgendwann einmal. Vielleicht hast du nicht so früh damit gerechnet. Nun bin ich da.

Nicht um mich zu entschuldigen für eine Tat aus einem anderen Leben. Denn das ist es doch gewesen: ein Vorleben, in dem wir einander noch glichen wie ein Ei dem anderen. Mit einer Ausnahme. Die warst du. Und damals geschah alles, was wir taten, nur aus Wißbegier. Erinnerst du dich? Erinnerst du dich dieser Jungen-Wißbegier? Deshalb bin ich gekommen, um dir meine Wißbegier zu erklären. Denn du standest neben mir in der Stirnreihe, du standest gerade wie wir alle, aber du mußt dich doch wenigstens dieses eine Mal mit uns allen gewundert haben, daß es heißt: *Heißt Flagge!* Wir standen stramm im Augengeradeaus und zweifelten. Wir zweifelten. Du warst zwar eine Niete im Sport, aber nicht im Ausdruck. Du kanntest dich doch schon damals aus im mündlichen und schriftlichen Deutsch. Nur du hättest unserem kollektiven Zweifel einen Ausdruck verleihen können. Erinnerst du dich? Das war dein Augenblick. Du hast ihn verstreichen lassen. Er wiederholte sich wöchentlich. Kurz überschlagen, hattest du weit über hundertmal die Chance, auf unserer Seite zu sein, dich öffentlich zu unserer Mehrheit zu bekennen, ja: unsere Mehrheit zu vertreten! In uns allen nistete doch von Anfang an der Verdacht auf einen Riesenirrtum. Und es steht sich schlecht stramm im Irrtum. Wir wären gerne ganz sicher gewesen. Und du hättest uns dazu verhelfen können, indem du es einmal ausgesprochen hättest: *Hißt Flagge!* So heißt es doch korrekt? Oder? Hunderte Gelegenheiten für dich, du ließest sie vergehen. Dieser kleine Zweifel machte uns nicht krumm. Aber wir räsonierten darüber. Er stand einem ausschließlichen Gefühl im Wege.

Ich habe dein Profil gesehen neben mir, es begrenzte mein Gesichtsfeld. Ich habe deinen untrainierten Atem gehört am Ende der Sportstunde. Aber nie bist du einmal versehentlich mit deinem nackten Arm gegen den meinen gestoßen. Den Grad deiner Anwesenheit habe ich nie wirklich feststellen können. Aber das war meine Aufgabe! Ich meldete Vollzähligkeit, ich hatte deine Stimme gehört. Aber ich wußte längst: das bedeutete nichts.

Das erste Mal, daß ich mich vergewissern wollte, mein erster Versuch, das war auf dem Gelände hinter dem Sportplatz, ein Spiel und reiner Zufall, daß du plötzlich ungedeckt vor mir standest. Ich suchte dich nicht, aber plötzlich sah ich dich in zwanzig Metern Entfernung. Als du mich endlich bemerktest, schienst du nicht überrascht, du machtest auch keinen Fluchtversuch, der dir noch hätte gelingen können. Erst als ich mich dir auf etwa zwölf Meter genähert hatte, besannst du dich und liefst los. Aber mit einer Geschwindigkeit – du warst viel gewandter, als ich es erwartet hatte. Ich dachte, ich kriegte dich leicht, denn du warst kein guter Läufer. Aber da auf einmal fingst du an, Haken zu schlagen auf freiem Gelände, du täuschtest mich verblüffend geschickt, du brachtest mich zum Schwitzen, in diesen Minuten wäre dir jeder unterlegen gewesen, und ich war es auch – aber ich wußte, dieses Mal mußte ich dich erwischen. Weil das meine Chance war, dich endlich einmal zu fassen zu kriegen. Leibhaftig. Um zu wissen, ob du aus Fleisch und Blut bist und wirklich da. Und in meiner Hand. Deshalb mußte ich es schaffen. Es gelang mir, nicht im letzten Augenblick, sondern in einem, da du noch Reserven hattest, wir standen uns gegenüber und rangen nach Luft, wir sahen uns ins Gesicht. Und ich war am Zufassen, ich war am Zufassen, ich packte mit beiden Händen deine Arme über den Ellenbogen, die Wollsachen, in die ich griff, waren warm, es waren so spröde, verfilzte Strickärmel, warme Strickärmel, in die ich mich klammerte, und in deinen Augen, mit denen du mich ansahst, leuchtete ein unverwandtes Interesse an mir und an dir, eine schamlose Teilnahme an uns und eine von jeder Erinnerung ungetrübte, kalte, brennende Neugier, die mich so verwirrte, daß ich wie von Sinnen an dieser Filzwolle zerrte, die feucht war von deinem Schweiß, aber deine Arme darunter griff ich schon nicht mehr.

Das sollst du alles wissen. Damit du weißt, daß ich es schon versucht hatte. Daß alles, was dann kam, nicht mein erster Versuch war, sondern mein letzter. Mir blieb keine andere Wahl mehr. Aber geschehen ist es ohne Besinnen, im Pausengewühl, zwischen Fangen und Werfen, es ging über die Bänke, zuerst war es der Schwamm, aus dem diese stinkende Tafelwischbrühe troff, den wir uns ins Gesicht geklatscht haben, dann die Kreidestücke, die scharf trafen bei geschicktem Wurf, aber du saßest in deiner Bank, du hast gelesen, aber genau weiß ich das nicht mehr, die Kreidestücke pfiffen hin und her in der wilden auf und nieder turnenden Truppe, aber du warst abwesend. Und keiner hätte je erfahren, an welchem Ort und ob es überhaupt ein *Ort* war, dein Aufenthaltsort, und in welchem Leben – und in diesem Augenblick war der Kreidekasten ausgeleert, alles Pulver verschossen, und du hattest das letzte Stück ohne hinzusehen zurückgeschnippt. Es rutschte über den Tisch und fiel auf den Boden. Da griff ich nach dem Kasten. Er flog auf der kürzesten Strecke auf den großen gläsernen Lampenschirm zu. Er hing über dir und war genauso unverwandt anwesend wie du. Oben gab es ein unscheinbares Geräusch, ein Pendeln der Blechhalterung. Wirklich hören konnten wir erst etwas, als der schwere Milchglasballon auf deinen Armen zerbrach, die blitzschnell zum Halten bereit gewesen waren.

Du warst wirklich da.

Dein Blut brach in Wellen aus dir heraus.

Ich habe es gesehen.

Wir haben es alle gesehen.

Damals hast du uns überzeugen können, sagte mein Gast. Fest schloß er seine Hände um meine Handgelenke und drehte ihre Innenseiten nach oben und zeigte sie mir.

Jedesmal, wenn ich für kurze Zeit aus meinem Zimmer heruntersteige und ins Freie trete, fällt es mir sofort auf: etwas ist anders angeordnet. Ohne zu wissen, was es ist, spüre ich es.

Sind die Platanenstämme auffälliger gefleckt? Und der Riß in der Straße? Er ist weitergerückt. Ich gehe in einem dunkelgrünen Mantel zwischen den Platanen. Kaum habe ich mich ein Stück entfernt, kann ich weit oben mein Fenster erkennen. Es kommt mir ganz und gar fremd vor aus dieser Perspektive. Es weckt keinerlei Erinnerungen in mir. Ich frage mich nicht einmal, was dort oben in diesem Augenblick hinter dem dicht schließenden Fensterglas geschieht.

Der Ausgang dieser Schlacht ist mir nicht bekannt.

Inhalt

Neue deutschsprachige Literatur in den suhrkamp taschenbüchern

250/1/8.90

Neue deutschsprachige Literatur
in den suhrkamp taschenbüchern

Kirchhoff, Bodo: Ohne Eifer, ohne Zorn. Novelle. st 1301
– Zwiefalten. Roman. st 1225
Kiss, Ady Henry: Da wo es schön ist. st 914
Klix, Bettina: Tiefenrausch. Aufzeichnungen aus der Großstadt. st 1281
Kolleritsch, Alfred: Gedichte. Ausgewählt und mit einem Vorwort versehen von Peter Handke. st 1590
– Die grüne Seite. Roman. st 323
Konrad, Marcel: Stoppelfelder. Roman. st 1348
Laederach, Jürg: Laederachs 69 Arten den Blues zu spielen. st 1446
– Nach Einfall der Dämmerung. Erzählungen und Erzählungen. st 814
– Sigmund oder Der Herr der Seelen tötet seine. st 1235
Leutenegger, Gertrud: Gouverneur. st 1341
– Ninive. Roman. st 685
– Vorabend. Roman. st 642
Meinecke, Thomas: Mit der Kirche ums Dorf. Kurzgeschichten. st 1354
Meyer, E. Y.: Eine entfernte Ähnlichkeit. Erzählungen. st 242
– In Trubschachen. Roman. st 501
– Ein Reisender in Sachen Umsturz. Erzählungen. Neufassung. st 927
– Die Rückfahrt. Roman. st 578
Morshäuser, Bodo: Die Berliner Simulation. Erzählung. st 1293
– Blende. Erzählung. st 1585
– Nervöse Leser. Erzählung. st 1715
Neumeister, Andreas: Äpfel vom Baum im Kies. st 1748
Offenbach, Judith: Sonja. Eine Melancholie für Fortgeschrittene. st 688
Pedretti, Erica: Harmloses, bitte. st 558
– Heiliger Sebastian. Roman. st 769
– Sonnenaufgänge Sonnenuntergänge. Erzählungen. st 1653
Pietsch, Nikolaus: Der Gefangene von Heidelberg. st 1129
Rosei, Peter: Der Fluß der Gedanken durch den Kopf. Logbücher. st 1656
– Reise ohne Ende. Aufzeichnungsbücher. st 875
Rothmann, Ralf: Messers Schneide. Erzählung. st 1633
Schertenleib, Hansjörg: Die Ferienlandschaft. Roman. st 1277
Schimmang, Jochen: Das Ende der Berührbarkeit. Eine Erzählung. st 739
– Der schöne Vogel Phönix. Erinnerungen eines Dreißigjährigen. st 527
Schleef, Einar: Gertrud. st 942
Sloterdijk, Peter: Der Zauberbaum. Die Entstehung der Psychoanalyse im Jahr 1785. Ein epischer Versuch zur Philosophie der Psychologie. st 1445

250/2/8.90

Neue deutschsprachige Literatur
in den suhrkamp taschenbüchern

Stark, Angelika: Liebe über Leichen. st 1099
Strätz, Harald: Frosch im Hals. Erzählungen. st 938
Struck, Karin: Lieben. Roman. st 567
– Die Mutter. Roman. st 489
– Trennung. Erzählung. st 613
Wachenfeld, Volker: Camparirot. Eine sizilianische Geschichte. st 1608
– Keine Lust auf Pizza. Roeders Story. st 1347
Wigger, Daniel: Auch Spinnen vollführen Balzgesänge. st 1550
Winkler, Josef: Der Ackermann aus Kärnten. Roman. st 1043
– Menschenkind. Roman. st 1042
– Muttersprache. Roman. st 1044
Zschorsch, Gerald: Glaubt bloß nicht, daß ich traurig bin. Prosa, Lieder, Gedichte. Mit einem Text von Rudi Dutschke. st 1784

250/3/8.90

Deutschsprachige Literatur in der edition suhrkamp: Prosa

Aebli, Kurt: Küss mich einmal ordentlich. Prosa. es 1618

Alves, Eva-Maria: Maanja. Meine Freundin, meine Mutter, meine Puppe. Eine Anrufung. Zeichnungen von Alexandra Albrand. es 1159

– Neigung zum Fluß. Mit 16 Fotos von Christiane P. Scharlau. es 1083

Arlati, Renato P.: Auf der Reise nach Rom. Prosa. Auswahl und Nachwort von Franz Böni. es 1053

Batberger, Reinhold: Drei Elephanten. es 1459

Becher, Martin Roda: Unruhe unter den Fahrgästen. ›Aufzeichnungen‹. es 1352

Becker, Jürgen: Umgebungen. es 722

Bernhard, Thomas: Prosa. es 213

Beyse, Jochen: Ultraviolett. es 1603

Böni, Franz: Alvier. Erzählungen. Mit einem Nachwort von Samuel Moser. es 1146

– Hospiz. Erzählung. es 1004

– Der Johanniterlauf. Fragment. es 1198

Bornhorn, Nicolaus: Der Film der Wirklichkeit. es 1154

Braun, Volker: Berichte von Hinze und Kunze. es 1169

– Es genügt nicht die einfache Wahrheit. Notate. es 799

Brecht, Bertolt: Die Geschäfte des Herrn Julius Caesar. Romanfragment. es 332

– Prosa. Bd. 1-4. es 182-185

– Prosa. Bd. 3. es 184

– Prosa. Bd. 4. es 185

– Der Tui-Roman. Fragment. es 603

– Die unwürdige Greisin und andere Geschichten. Zusammengestellt von Wolfgang Jeske. st 1740

Buch, Hans Christoph: Der Herbst des großen Kommunikators. Amerikanisches Journal. es 1344

Buselmeier, Michael: Der Untergang von Heidelberg. es 1057

Dischereit, Ester: Joëmis Tisch. Eine jüdische Geschichte. es 1492

Döring, Bianca: Ein Flamingo, eine Wüste. Erzählung. es 1588

Enzensberger, Hans Magnus: Das Verhör von Habana. es 553

– Der Weg ins Freie. Fünf Lebensläufe, überliefert von Hans Magnus Enzensberger. es 759

Ernste Absichten. Jüngste Prosa aus der Bundesrepublik. Herausgegeben von Christian Döring und Hajo Steinert. es 1592

Foidl, Gerold: Scheinbare Nähe. es 1237

Frisch, Max: Ausgewählte Prosa. Nachwort von Joachim Kaiser. es 36

300/1/6.90

Deutschsprachige Literatur
in der edition suhrkamp:
Prosa

Fritsch, Werner: Steinbruch. es 1554
Greiner, Peter: Wie Bombenleger-Charly leben ... Sozialverhalten. Geschichten und Szenen. es 1356
Gstrein, Norbert: Anderntags. Erzählung. es 1625
– Einer. Erzählung. es 1483
Hänny, Reto: Ruch. Ein Bericht. es 1295
– Zürich, Anfang September. es 1079
Handke, Peter: Langsam im Schatten. es 1600
– Phantasien der Wiederholung. es 1168
Hesse, Hermann: Tractat vom Steppenwolf. Nachwort von Beda Allemann. es 84
Holbein, Ulrich: Samthase und Odradek. es 1575
Johnson, Uwe: Jahrestage. Aus dem Leben von Gesine Cresspahl. 4 Bde. im Schuber. es 1500
– Porträts und Erinnerungen. Herausgegeben von Eberhard Fahlke. es 1499
– Versuch, einen Vater zu finden. Marthas Ferien. Tonkassette mit Textheft. Mit einem editorischen Bericht von Norbert Mecklenburg. es 1416
Kirchhoff, Bodo: Body-Building. Erzählung, Schauspiel, Essay. es 1005
Kluge, Alexander: Gelegenheitsarbeit einer Sklavin. Zur realistischen Methode. es 733
– Lernprozesse mit tödlichem Ausgang. es 665
– Neue Geschichten. Hefte 1-18. ›Unheimlichkeit der Zeit‹. es 819
– Schlachtbeschreibung. Roman. es 1193
Koch, Werner: Intensivstation. Erzählung. es 1173
Koeppen, Wolfgang: Morgenrot. es 1454
Kroetz, Franz Xaver: Frühe Prosa/Frühe Stücke. es 1172
Kühn, Dieter: Ausflüge im Fesselballon. Roman. Neufassung. es 656
Laederach, Jürg: Vor Schrecken starr. Fixierungen, Stechblicke, Obsessionen. es 1503
– Der zweite Sinn oder Unsentimentale Reise durch ein Feld Literatur. es 1455
Lessenich, Jean: »Nun bin ich die niemals müde junge Hirschfrau oder der Ajilie-Mann.« es 1308
Leutenegger, Gertrud: Das verlorene Monument. es 1315
Maeffert, Uwe: Bruchstellen. Eine Prozeßgeschichte. es 1387
Mattenklott, Gert: Blindgänger. Physiognomische Essays. es 1343
Matthies, Frank-Wolf: Tagebuch Fortunes. es 1311

300/2/6.90

Deutschsprachige Literatur in der edition suhrkamp: Prosa

Mayröcker, Friederike: Magische Blätter. es 1202
– Magische Blätter II. es 1421
Morshäuser, Bodo: Abrechnung in Kellinghusen. es 1626
– Revolver. Vier Erzählungen. es 1465
Nossack, Hans Erich: Pseudoautobiographische Glossen. es 445
Roth, Patrick: Die Wachsamen. Drei Melodramen. es 1614
Runge, Erika: Frauen. Versuche zur Emanzipation. es 359
Schleef, Einar: Die Bande. Erzählungen. es 1127
Schöne Aussichten. Prosa aus der DDR. Herausgegeben von Christian Döring und Hajo Steinert. es 1593
Schwacke, Peter: Carte blanche. Erzählungen. es 1164
Split: Apfelsinen im Hals. Geschichten. es 1558
Struck, Karin: Kindheits Ende. Journal einer Krise. es 1123
– Klassenliebe. Roman. es 629
Thank You Good Night. Herausgegeben von Bodo Morshäuser. Alle Fotos: Michael Strauss. es 1227
Veil, Joachim: Die Wiederkehr des Bumerangs. es 1137
Vogl, Walter: Hassler. Frequenzritte eines Straßenkehrers. es 1182
Von nun an. Neue deutsche Erzähler. Herausgegeben von Hans-Ulrich Müller-Schwefe. es 1003
Walser, Martin: Eiche und Angora. Eine deutsche Chronik. es 16
– Geständnis auf Raten. es 1374
Weiss, Peter: Abschied von den Eltern. Erzählung. es 85
– Die Ästhetik des Widerstands. Roman. es 1501
– Fluchtpunkt. Roman. es 125
– Das Gespräch der drei Gehenden. es 7
– Notizbücher 1960-1971. 2 Bde. es 1135
– Notizbücher 1971-1980. 2 Bde. es 1067
– Der Schatten des Körpers des Kutschers. es 53
Sinclair (P. Weiss): Der Fremde. Erzählung. es 1007
Winkler, Josef: Die Verschleppung. Njetotschka Iljaschenko erzählt ihre russische Kindheit. es 1177

300/3/6.90